DOUTOR MIRAGEM

Livros do autor na Coleção **L&PM** POCKET

O ciclo das águas
Os deuses de Raquel
Dicionário de um viajante insólito
Doutor Miragem
O exército de um homem só
A festa no castelo
A guerra no Bom Fim
Uma história farroupilha
Max e os felinos
Mês de cães danados
Pai e filho, filho e pai e outros contos
Os voluntários

Moacyr Scliar

DOUTOR MIRAGEM

Romance
Prêmio Guimarães Rosa 1977

www.lpm.com.br
L&PM POCKET

Coleção **L&PM** POCKET, vol.126

Este livro foi publicado pela L&PM Editores, em formato 14x21cm, em 1978
Primeira edição na Coleção **L&PM** POCKET: 1998
Esta reimpressão: julho de 2010

Capa: Ivan Pinheiro Machado sobre obra de Rembrandt *The Anatomy Lesson of Dr Nicolaes Tulp (1632)*
Revisão: Delza Menin, Luciana H. Balbueno e Flávio Dotti Cesa

---

S419d   Scliar, Moacyr, 1937-
         Doutor Miragem / Moacyr Scliar – Porto Alegre: L&PM, 2010.
         192 p. ; 18 cm – (Coleção L&PM POCKET; v. 126)

         ISBN 978-85-254-0921-8

         1. Ficção brasileira-romances. I. Título. II. Série.

                               CDD 869.93
                               CDU 869.0(81)-3

Catalogação elaborada por Izabel A. Merlo, CRB 10/329.

© Moacyr Scliar, 1978

Todos os direitos desta edição reservados a L&PM Editores
Rua Comendador Coruja 314, loja 9 – Floresta – 90220-180
Porto Alegre – RS – Brasil / Fone: 51.3225.5777 – Fax: 51.3221-5380

Pedidos & Depto. comercial: vendas@lpm.com.br
Fale conosco: info@lpm.com.br
www.lpm.com.br

Impresso no Brasil
Inverno de 2010

Quer me assustar, este homem. Vem, sorridente, trazendo uma galinha – roubada, claro – vem dizendo que vamos jantar bem. Chega bem perto, sempre sorrindo. De repente se transfigura: faz uma careta, arreganha os dentes e num gesto brusco torce o pescoço da ave. Um ruflar de asas, um estertor desesperado – e a galinha está morta, jogada no chão de terra batida. Algumas pequenas plumas adejam no ar e caem lentamente.

Me olha, o homem, pensando que a morte me espanta. Engana-se. Sempre pensei na morte. Não é de agora. Tenho trinta e dois anos, sou médico; mas penso na morte desde criança.

(Um homem, contava meu pai, encontrou-se com um amigo que vinha correndo, apavorado. Por que estás tão assustado? – perguntou. A Morte me persegue, respondeu o amigo, estou fugindo para Piraí. Pouco depois o homem encontrou a Morte e disse, Morte, por que assustaste o meu amigo?)

Depena metódico a galinha, sempre me olhando e sorrindo.

(Não assustei teu amigo, respondeu a Morte, apenas manifestei-lhe minha surpresa por encontrá-lo em Porto Alegre, já que temos um encontro marcado em Piraí.)

Esta história me fez rir, e depois chorar, e depois rir de novo. Cheguei a esquecê-la; agora a lembrei. Foi ela que me fez pensar na morte? Não. Eu já pensava na morte antes. Pensei na morte quando tive aquela estranha doença: eu queimava de febre, eu delirava, eu gritava – segundo meu pai – vou morrer, vou morrer. E antes disto eu já pensava na morte. Eu diria que mesmo feto, mesmo embrião, eu pensava na morte. Eu diria que a morte estava presente na noite em que meu pai acordou soluçando – sonhava com o feiticeiro da Calábria – e minha mãe abraçou-o e consolou-o, e o medo foi passando e eles se animaram, começaram a brincar e eu fui nascendo – impregnado, acho, daquele sonho mau: resíduos de morte na medula dos meus ossos, na raiz de meus cabelos, no germe de meus dentes; nas cartilagens, na linfa, na córnea, nos lábios. Morte. Imagem ora oculta, ora aparente, mas sempre presente. Bala ou faca.

Bala ou faca é com o homem que me vigia: tem um trinta-e-oito e uma peixeira. Está me contando de seus planos: quando eu mandar, diz, vais escrever uma carta para a tua mulher. Vais dizer que tudo está bem, e que ela arranje um milhão. Caso contrário, conclui, ela já sabe. E tu também já sabes. Faz um sinal significativo com a faca.

Esta faca, esta peixeira, achou-a aí fora, no meio de umas moitas, parece. É uma faca velha e sem cabo, a lâmina está enferrujada e suja, mas ele não se importa: usa-a para eviscerar a galinha. O que, reconheço, faz com perícia. Mas sem se distrair: a cada pequeno ruído detém-se, a mão direita empunhando a peixeira, a esquerda já no cabo do revólver que traz sempre à cintura. Mas tem medo de quê? Quem nos encontrará, numa casa abandonada, em ruínas, no interior do município de Piraí, Rio Grande do Sul? Dá-se conta, parece, de seu absurdo temor. Volta à tarefa de esquartejar a galinha.

Já foi um ser vivo, esta galinha. Já correu por algum terreiro, já cacarejou, nervosa ou alegre; já foi uma pintainha. Já foi ovo. Já ocultou sob uma casca perfeitamente lisa um verdadeiro laboratório de sutis reações, o resultado sendo, ao fim de algum tempo, um embrião de coração pulsátil e grandes olhos escuros. Isto, há tempo. Agora é coxas sangrentas, é peito dividido em dois, é pescoço (não gosto), é asas, duas.

O homem junta gravetos e achas de lenha (roubadas, claro), num canto da peça em que nos encontramos – a única na qual o telhado está intacto. Tira a caixa de fósforos do bolso de sua camisa azul, de galões, acende o fogo. Enfia os pedaços de galinha em pequenos espetos de bambu, fixa-os com pedras perto das chamas. Isto feito, larga a peixeira um instante – um instante só – para esfregar as mãos. Está, vê-se, satisfeito com seu trabalho. Me olha, zombeteiro:

– Gosta de galeto, doutor?

Não respondo. Quanto menos falar, melhor.

O homem senta junto ao fogo. Assobia: uma rancheira, coisa alegre. Sente-se absolutamente seguro, aqui; protegem-no a chuva fina que cai, as árvores, as coxilhas, os campos extensos do Rio Grande. E – supõe – o fato de eu ignorar onde estamos. Não sabe que já estive aqui, neste mesmo lugar.

Meu nome é Felipe (Doutor Felipe, eu quase ia escrevendo, tão acostumado estou ao doutor). Sou filho único, o que talvez explique muita coisa – o quê? Não sei. Não descobri, e nem sei se haverá tempo para descobertas, agora.

Meu pai, o caixeiro-viajante Raffaele Nitti, conhecia o Estado todo. Bateu estrada, aquele homem. E isto que guiar lhe era penoso: sofria de reumatismo. Não era sem dor que reduzia de terceira para segunda; gemia ao torcer o volante nas curvas mais fechadas. A visão de certas nuvens toldava-lhe o rosto: conhecia o tempo que lhe fazia mal. Mesmo assim guiava; obrigava-o a profissão. Com dor ou sem dor, entrava no carro e rumava para a fronteira, para o litoral, para a serra, levando a mala de amostras: peças de máquinas de costura, pequenas ferramentas, dobradiças, fechaduras, parafusos com e sem porca.

Guiava bem. Sério, compenetrado; se alguma vez praguejou, mesmo baixinho, entredentes, ninguém ouviu. Ia longe, apesar do reumatismo. Quando podia, interrompia a viagem para descansar em Piraí, onde havia um hotel junto a uma fonte de águas termais. Banhar-se com aquele líquido quente, de odor peculiar, lhe fazia bem.

Uma vez me levou junto. Eu andava magro e abatido, ele se assustou: temia a tuberculose, velho flagelo de nossa família. Queria que eu repousasse, que comesse bem: e isto, a seu ver, só em Piraí.

Minha mãe, Maria Nitti, era muito apegada a mim, o único filho; mas concordou com a viagem, sabendo que era para meu bem. Se separava de mim, ainda que lhe doesse: tinha de ficar, costurava para fora. Se economizava; éramos pobres.

Saímos cedo. Sentado no banco da frente do Oldsmobile, ao lado do meu pai, eu tremia de frio e – tinha seis anos – de excitação. Reunidos na calçada os vizinhos nos abanavam. Minha mãe nos beijou, desejou-nos boa viagem.

Meu pai parecia bem. À medida que se afastava da cidade, seu reumatismo melhorava, parece. Contava histórias interessantes: a do feiticeiro da Calábria, e outras.

A estação de águas ficava longe. O carro era velho. Meu pai, um chofer lento. Andávamos devagar pelas estradas empoeiradas. Tivemos de pernoitar numa pousada, um sujo lugar, onde nos serviram uma sopa gordurosa. Nos deram uma cama com lençóis rasgados, e nela dormi um sono agitado, acordando várias vezes, pedindo água. Quando o sol surgiu, o pai me tirou da cama, me lavou, me vestiu; me deu um pouco de leite – pão eu não quis – me botou no carro. E seguimos.

Eu gemia. Eu tinha febre. A mão na minha testa, o pai viu que eu tinha febre; a mão do pai não se enganava. A da mãe era mais sensível, mas a do pai também era boa. Mais de trinta e oito de febre, eu tinha, segundo calculo hoje, à luz de conhecimentos muito atuais.

O pai se inquietava. Deveria voltar? Interrogou-se; interrogou-me. Eu não sabia, naquela época; nem hoje sei. Na dúvida, o pai seguiu em frente. Afinal, estava mais perto de Piraí do que de Porto Alegre, e quem sabe a febre era do estômago, coisa passageira? Da comida pesada, talvez. Pisava no acelerador. Estava ameaçando chuva e as estradas da região se transformavam em atoleiros, quando chovia. Só parou uma vez, numa venda; me fez tomar um bom gole da água mineral de Piraí, ali vendida em garrafas. Mais confiante, prosseguiu, cantando para me animar: "Mamma mia, damme cento lire, che en America voglio andare..."

Na tarde desse dia eu estava mal. Puxa, como eu estava mal. Eu nem me agüentava sentado. Eu caía para os lados.

Meu pai era da Itália. Minha mãe também. "Mamma mia, damme cento lire..." Gente simples. Faziam o bem e temiam o mal. Temiam o mal, e a doença. Meu pai viu que só cantar não resolveria. Tinha de achar um médico.

Médico, informaram-lhe em Sanga Preta, só em Coronel Murtinho, cento e cinqüenta quilômetros ao norte. E nem sempre o doutor estava lá; às vezes andava pelas redondezas, dando consultas. Afora o médico, o recurso era pouco, em Coronel Murtinho.

Meu pai decidiu voltar a Porto Alegre. Mas logo à saída de Sanga Preta o motor apagou e não houve jeito de pegar. Resolveu deixar o carro ali e retornar de qualquer maneira para a capital. Procurou, em Sanga Preta, uma condução. Havia ônibus – mas só no dia seguinte. Aconselharam-no a ir de canoa a Gravetos, dez quilômetros ao norte; lá, pegaria outro ônibus, que, pela estrada federal, chegaria a Porto Alegre.

Nenhum canoeiro quis nos levar. Vem tempestade, diziam, apontando o céu. Mas meu filho está doente, gritava meu pai, me levem a Gravetos pelo amor de Deus, pago o que vocês quiserem. Nos indicaram um velho canoeiro, morador na barranca do rio. O pai me carregou até lá.

O canoeiro era mesmo um homem muito velho. Quando chegamos, estava acocorado na frente da palhoça, examinando umas feridas dos pés. Eu, no colo do pai, queimava de febre. De vez em quando abria os olhos, e o que via? Um velho desdentado, com os pés ulcerados, de cócoras à beira de um rio de águas barrentas. Sobre nós o céu carregado; e meu pai falando, falando. Comecei a chorar.

Embarquem na canoa, disse o velho, se erguendo. Embarcamos e, ele remando, começamos a subir o rio. Parece que melhorei um pouco, porque abri os olhos e comecei a fazer perguntas: o que é que o homem tem no pé, pai? Aí no pé, o que é isto? Fica quieto, menino, respondeu o pai. O homem está remando para nós, fica quieto.

– O que tem o piá? – gritou o barqueiro, um homem com cara de índio. Afanava-se aos remos, lutando contra o vento e a correnteza.

– Não sei, uma febre! – O pai, também gritando.

– Quê?

– Uma febre! Uma febre!

– Ah, uma febre! E do que é?

– Não sei. – O pai desesperava-se: – Escuta, amigo, não dá para ir mais ligeiro?

– Estou fazendo força, compadre! – gritou o barqueiro, irritado. – Estou fazendo força. Não tenho culpa da doença de seu guri.

Remou em silêncio algum tempo. Mais adiante, voltou à carga:

– Do que será a febre? Será de um ar? Será dessas doenças que andam por aí?

Meu pai não respondia. Sentado de frente para o barqueiro, e de costas para a proa (barqueiro, eu, pai, proa, nesta ordem), olhava por cima do ombro, ansioso – já é Gravetos? Está longe, Gravetos?

– Tenho um mano – gritou o velho – que entende muito de febres. Ele mora em Santo Antão. É longe, mas garantido. Quer que lhe leve lá?

– Muito obrigado – a voz de meu pai tremia – mas temos de chegar a Gravetos. Vamos pegar o ônibus.

– O ônibus! Sei.

Quando chegamos a Gravetos, o ônibus já tinha saído.

Não havia outro ônibus, não havia nenhuma condução para Porto Alegre. Meu pai, o caixeiro-viajante Raffaele Nitti, subia e descia a rua principal, me carregando nos braços cansados. Entrava nas bodegas, atacava os transeuntes, atrapalhava-se nas perguntas; chorava. Um boticário dirigiu-se a ele, compadecido. Indagou o que havia, ofereceu-se para me ajudar. O pai não quis. Queria um médico, um médico de verdade, e este só em Porto Alegre.

– Por que fui sair de lá? – gemia. – Por que não ficamos todos lá, em nossa casinha? Por que tive de separar a família? Por que vim me meter neste fim de mundo sem recursos?

Gravetos tinha, à época, mil e duzentos habitantes. Era um lugar pobre. Plantava-se um pouco de milho, um pouco de feijão – e só. A rua principal não era calçada; em meio à poeira que a ventania levantava, meu pai clamava por ajuda.

Um chofer de caminhão ofereceu-se para nos levar a Santo Antão, cinqüenta quilômetros ao norte; lá pegaríamos um trem para Porto Alegre. Ao que meu pai ponderou que assim se afastava cada vez mais de seu objetivo – e, ao contrário, se aproximava do maldito lugar chamado Piraí.

– Às vezes é preciso dar um passo atrás, para depois dar dois à frente – ponderou o motorista, um homem magro e melancólico.

Meu pai concordou. Que mais poderia fazer? Sempre comigo ao colo, subiu para a cabina do caminhão, um velho Ford.

– O que tem o guri? – perguntou o chofer.

– Uma febre – respondeu meu pai.

– Sei de um homem que trata de febres – disse o chofer. – Com um chá. Parece que é feito de uma erva do campo, não sei. Também não sei se adianta. Mas sei que o homem existe.

A meio do caminho – a tempestade, com chuva de pedras! Eu gritava de medo. O pai me agasalhava como podia: para me animar, cantava e contava histórias – a do feiticeiro da Calábria, e outras. O caminhão derrapava. O chofer praguejava.

Chegamos a Santo Antão perto da meia-noite. Por vielas embarradas, correu meu pai para a estação ferroviária, com o filho.

– "A ponte da ferrovia – a água do rio levou – quem estava lá não veio – quem estava aqui ficou" – recitou o guarda-chaves, acrescentando que seu maior prazer era trovar.

Era bom, aquele homem pequeno e escuro; ofereceu pousada a Raffaele e seu filho doente. Quis também dar um remédio para o menino, um chá preparado pelos pajés, à base de erva de quebra-pedra. Raffaele, comovido, recusou; agradeceu, deixou-se cair num banco. O guarda-chaves sentou ao lado dele. Estimulou-o a prosseguir. Não deve deixar seu filho assim – disse. Aconselhou tomar o ônibus da madrugada para Capão do Melo, quarenta quilômetros ao norte. Desse lugar, cada vez mais perto de Piraí, outro ônibus nos levaria a Porto Alegre.

Velho e desconjuntado, cheio de passageiros, o ônibus da madrugada avançava devagar, derrapando no barro da estrada. Meu pai ia de pé, segurando-me ao colo. Uma mulher ofereceu-se para levar o pequeno Felipe. Meu pai concordou, entregando o filho. Aninhado entre duas grandes mamas o doentinho ficou a gemer. A mulher vigiava-lhe o rosto. De pé, Raffaele cochilava; de brumas, o feiticeiro da Calábria fazia-lhe sinais misteriosos. O som da buzina arrancou-o do pesadelo: chegavam a Capão do Melo.

Na rodoviária, um casebre de madeira, informaram-lhe que o ônibus ainda não tinha chegado – vinha de Curumins, vinte quilômetros ao norte, mas os doze lugares reservados para os passageiros de Capão do Melo já estavam vendidos.

– Ai, meu Deus! – gritou o pai, desesperado. – Ai, meu Deus! Salva meu filho!

Os passageiros olhavam-no, consternados. Ofereceriam seus lugares, se pudessem; mas não podiam, eram todos de uma família só e estavam viajando para assistir ao velório de um irmão.

Não havia médico. Chamaram o padre, que veio correndo e chegou arquejando.

– Estou morto! Morto!

Viu a criança, constatou que o caso era urgente. Pediu um carro emprestado, empurrou pai e filho para dentro e seguiu para Curumins, planejando embarcá-los no ônibus antes que lotasse.

A estrada era ruim; o carro, velho. O padre disse a meu pai que rezasse, que rezasse muito e que tivesse fé em Deus. Mas, em questão de doenças, meu pai – muitos anos depois confessou – só confiava em seu antepassado, o feiticeiro da Calábria. Em seus braços, eu gemia e tinha espantosas visões; da febre, decerto.

À altura de Morrete me ergui, espantado. Eu via, no espelho retrovisor, um olho lacrimoso. O olho do pai. Ele chorava, à altura de Morrete. Por quem chorava o pai? Por seus mortos, talvez, que já não eram poucos: pai, mãe, irmãos, irmãs, tias, avós. E por mim, quase morto.

O padre guiava e orava. De súbito, o carro parou. O padre desceu, examinou o motor e constatou quebra do virabrequim. Apossou-se dele o desespero; queria fazer algo pelo menino e não podia; batia no peito, esmurrava a cabeça, mas nada lhe ocorria.

Finalmente:

– Vai, meu filho! – gritou para Raffaele. – Vai para Curumins! Vai a pé, vai correndo, vai como puderes, mas vai! Salva teu filho! Vai, e que Deus te abençoe!

Com o filho no colo, Raffaele saiu correndo, escorregando no barro da estrada. Chegou a um rancho; do caboclo que ali morava, conseguiu um cavalo emprestado. Galopando, chegou a Curumins no meio da tarde.

O ônibus partira. Outro, só no dia seguinte.

Raffaele sentou num banco da praça, entre canteiros de flores. Examinava o rosto do filho como a um mapa de país estranho. O que queria dizer a palidez? O que sugeriam as narinas, ao se dilatarem? Por que estariam os lábios secos e gretados? Não sabia. E nunca chegaria a Porto Alegre.

Avistou uma farmácia. Pegou o menino e correu para lá.

O estabelecimento era pequeno. Entre armários de remédios e anúncios da Emulsão de Scott, de pé sobre o chão de ladrilhos, apoiado sobre o balcão de madeira escura – o farmacêutico. Este homem gordo e baixinho ouviu com ar alarmado a confusa explicação de Raffaele; respondeu, gaguejando, que estava disposto a ajudar, mas que não sabia por onde começar; era novo no lugar, não tinha muita experiência, temia fazer alguma bobagem.

Teve, porém, uma idéia: conhecia o dono de um pombal no Rincão da Fumaça, homem de bom coração, muito entendido em pombos. Poderiam mandar, por pombo-correio, uma mensagem aos médicos de Porto Alegre. Raffaele não disse nada. Deixou-se conduzir pelo farmacêutico até o Rincão da Fumaça. Quando chegaram lá, de charrete, ficaram sabendo que o homem do pombal tinha viajado a Porto Alegre para ser operado.

Meu pai montou no cavalo, acomodou-me na sela, despediu-se do farmacêutico e partiu a passo. Para onde ia? Não tinha a menor idéia. A Porto Alegre, nunca chegaria. O cavalo que decidisse.

O cavalo foi indo devagar, a passo. Quando Raffaele se deu conta, tinham saído da estrada. Andavam agora no meio de um campo. O menino não gemia mais. Estava quieto, imóvel.

Que lugar seria aquele? Raffaele não sabia ao certo. Poderiam ser as terras do rico fazendeiro conhecido pelo apelido de Barão, homem muito rico, dono de quase todo o campo nos arredores de Piraí. E se o procurasse? Se batesse em sua casa, pedindo ajuda? Não se apiedaria dele, o Barão?

Anoitecia. Uma chuva fina empapava as coxilhas. Sapos coaxavam nos banhados.

Raffaele largou as rédeas e deixou que o cavalo seguisse. Do bolso tirou uma garrafinha. Tomou um bom gole, depois outro, e mais outro. Chegou a ficar bêbado? Talvez. O certo é que não viu as luzes da casa do Barão. A grande casa, no alto de uma colina, toda iluminada.

Celebrava-se ali uma festa. Bebia-se à saúde da filha do Barão, nascida naquela noite. E bebia-se também à saúde do médico da família, o Doutor Armando. Trabalhara bem, o doutor, naquele difícil parto, feito numa noite fria e úmida. O fogo brilhando na lareira, o Barão cantando e declamando, o Doutor Armando chegou à janela, olhou para fora. Noite feia, disse; tenho de ir, ainda há muita gente me esperando. Fica mais um pouco, disseram-lhe, e enfiaram-lhe um copo na mão.

Raffaele cantava baixinho. "Mamma mia damme cento lire..." O cavalo percorria uma trilha estreita no meio do bosque.

Depois das últimas árvores surgiu, como estava previsto, o descampado. E lá, à margem do rio, estava a casinha de madeira, com sua chaminé fumegante. A luz de um lampião se filtrava pelas cortinas de chita.

A galinha está pronta, diz o homem.
É alegre o tom da voz. Ontem não foi assim.
Eu saía do hospital. Tinha bebido um pouco, na festa de inauguração. Caminhava devagar pela alameda, cantarolando, admirando os belos jardins e os ciprestes.

Cheguei ao estacionamento e lá estava o homem; este homem ao lado do meu automóvel. Atarracado, com cara de índio; camisa com galões aberta na barriga; calças de brim sandálias. O carro é seu?, perguntou. É, respondi, surpreso e irritado com o atrevimento do tipo. Me decidi ignorá-lo; abri a porta – e só então vi o revólver. Vamos entrando, ele disse, e me empurrou para dentro.

Diante da casa o cavalo fraquejou; as patas se dobraram e ele caiu como morto. Raffaele tomou o filho ao colo e ficou imóvel, olhando a casinha.

Era de um agregado do Barão, homem de ouvido apurado. Foi ele quem, ouvindo um choro manso, abriu a porta; foi ele quem acolheu o pai e o filho perdidos no campo. A casa é sua, disse com um sorriso; deste sorriso Felipe lembraria, durante muito tempo, os dentes estragados. Chamava-se Pedro, o agregado. Sua mulher – uma bugra dos toldos de Piraí – correu a fazer um chá para a criança doente.

O resto da família: uma moça calada, parecida com a mãe, mas mais alta, mais bonita (e de olhar vazio, um pouco desvairado); três meninos ranhentos aos quais faltavam caninos, molares. O maior teria uns doze anos. O menor, Ramão, cinco ou seis.

Ficaram ali uns dias, Raffaele e Felipe. A casa era pequena, mas curiosamente prolongada por puxados, construídos por Pedro com tábuas de caixotes doados pelo dono do armazém. Num destes puxados ficaram os hóspedes, dormindo no melhor colchão.

Em outro, cresceria o pequeno Ramão, olhando os desenhos estampados a fogo nas tábuas e, mais tarde, soletrando a custo os dizeres: *Sardinhas. Presuntada. Ervilhas.* Gemendo de fome. Sonhando com pratos cheios de sardinhas, e presuntada, e ervilhas. Embora nunca tivesse visto essas comidas.

O que mais desejava eram as *Manzanas de Rio Negro. Manzana:* a palavra não conhecia e nem carecia de conhecer: estava ali o desenho da fruta, vermelha, enorme. Nunca tinha comido uma maçã, mas babava só de se imaginar mordendo a polpa que se ocultava sob a pele lisa. Tenra, mas não mole, *manzana* ofereceria aos dentes a exata resistência do prazer; quanto ao perfume... Hum! Noites de *manzana*: noites de volúpia. As noites de presuntada eram boas, as noites de ervilhas eram boas, mas as noites de *manzana* deixavam-no em transe – até que o irmão mais velho apagava a vela e ele, com um suspiro, adormecia.

Na casa todos dormiam. Todos, menos a irmã.

Era quieta, essa irmã. Não cantava, não ria; mal falava. Trazia água do poço, varria o terreiro, passava a roupa, comia – pouco, magra que era – e ia para a cama sem dar boa-noite a ninguém. Dormia num puxado, um quartinho só dela; tinha nojo dos irmãos. Se, na cama, suspirava ou revirava os olhos, nunca ninguém viu. O nome dela era Honesta.

(Nome dado pela mãe. O pai queria-a ali, na roça; a mãe, porém, tinha esperança que um dia a filha deixasse o campo e fosse para a cidade se empregar na casa de uma família de bem. E que melhor nome para uma empregada do que Honesta? O pai acreditava no campo; a mãe secretamente ansiava pela cidade – por um cinema! Nunca tinha entrado num cinema! Minha filha fará isto por mim, dizia-se, sem notar que a filha vagueava por paisagens estranhas, distantes do campo, distantes da cidade, distantes de tudo.

Se soubesse, a pobre mãe, o destino que sua filha teria na cidade! Se soubesse, não teria dado a ela o nome de Honesta. De Maria, sim, de Rosa, talvez; de Honesta, nunca.)

Uma vez entra no puxado dos hóspedes e senta à beira do catre do pequeno Felipe. Olhos arregalados, febril, o menino ouve a história que ela, subitamente loquaz, conta. História que começa com ela acordando, à meia-noite, assustada. Entre os sons conhecidos – o vento nas árvores, o latido de um cão – ouve uma espécie de sussurro zombeteiro. Senta na cama e fica olhando para a frente, para a porta do puxado, sabendo que alguma coisa vai acontecer.

De fato: a porta abre-se lentamente. Sentada na cama, avista os campos iluminados pelo luar. Mais longe, o bosque.

De repente entra no quarto uma estranha criatura, um bicho coberto de espesso pêlo – um lobisomem? Pode ser, não é nada conhecido. E daí por diante a história se faz entre ela e o bicho, que se aproxima lento e silencioso da cama. Ela, imóvel. Não consegue gritar, quer chamar pelo pai, mas não consegue. E não pára de tremer.

O peludo introduz a pata sob a camisola de pano grosseiro. Estremece, e ao mesmo tempo verifica, com algum conforto, que a pata não tem garras, que é leve, macia e quente, que é gentil na maneira como se desloca, como a explora. Suspira, fecha os olhos. O peludo deita sobre ela. E, de súbito, a dor; uma dor pungente, que se dissolve logo no prazer. Da garganta da fera saem roncos – de prazer, nota-se.

Tudo acabado, o bicho sai, silencioso, fechando a porta atrás de si.

Volta na noite seguinte. E na outra. Na outra.

Ela gosta, mas também tem raiva. Por que não fica com ela, o bicharroco? Por que se vai, mal o dia começa a clarear? Uma vez tenta retê-lo: recebe um golpe violento da pesada pata. Rola pelo chão, a boca sangrando.

Resolve se vingar.

Oculta sob o travesseiro, a peixeira do pai. À noite, quando a criatura aparece, deixa-se abraçar – mas de repente dá um salto, pega a peixeira e desfere o seu golpe. Erra! Fere a própria coxa! Esguichando sangue, chama pelo pai, pela mãe, que acodem apavorados. Deitam-na, garroteiam a coxa, conseguem estancar a hemorragia. A ferida, no entanto, arruína; com febre alta, ela delira, chama o peludo.

– Eu fiquei esquisita, menino – conclui – sabe? Eles dizem que eu fiquei esquisita.

Ri alto. Leva os dedos à boca, fica séria. Levanta-se e sai, silenciosa como sempre.

Ficamos cinco dias na casa de Pedro. Quem cuidava de mim era a mulher dele. Me tomava ao colo, me embalava, entoando cantigas na sua linguagem arrevesada de índia. Me dava chás – foi por causa dos chás que melhorei? Não sei. Só sei que, tão subitamente como tinha vindo, a febre desapareceu.

Eu estando melhor, o pai decidiu que iríamos a Piraí – afinal, estávamos tão perto. Pedro ofereceu-se para nos levar, na charrete do Barão.

Saímos cedo.

As manhãs eram bonitas, nas terras do Barão. As coxilhas, úmidas de orvalho, brilhavam ao sol. Cavalos pastavam, plácidos. A charrete sacolejava na estrada acidentada. Pedro mostrou-nos a casa do Barão, enorme, em pedra cinzenta, no alto de uma colina.

Ouvimos o apito de um trem. Chegávamos à linha férrea.

Aí houve um instante de terror. O trem vinha vindo, a locomotiva apitando e lançando rolos de fumaça – e no entanto Pedro seguia como se não estivesse vendo nada, os olhos vidrados! Gritei, meu pai também gritou, nos abraçamos – que cena!

Charrete corre doidamente ao encontro do trem!
Tais eram, à época, os perigos de Felipe. Mas Pedro estava atento.

Paramos a uns vinte metros dos trilhos, deteve os cavalos. Aquele, disse, apontando um vagão pintado de azul, com cortinas nas janelas, por onde espiavam caras assustadas – é o vagão dos loucos. É ali que eles levam os fracos da cabeça para o hospício, em Porto Alegre.

O trem desapareceu numa curva, em direção ao sul. Pedro estalou a língua; os cavalos – dois, muito bonitos – retomaram o trote. Uma hora depois chegávamos ao centro da pequena cidade de Piraí.

Dirigimo-nos ao Hotel Piraí, uma velha construção de madeira, com janelas de guilhotina e beirais recortados em caprichosas figuras. Fomos recebidos pelo novo proprietário – filho do antigo dono – um homem ainda jovem, todo vestido de branco: terno de linho branco, camisa de seda branca, gravata de malha branca, sapatos brancos. Ele próprio era muito pálido; pálidos eram também os hóspedes que estavam no saguão. Sentados em poltronas de vime, meio ocultos pelos grandes vasos de samambaias, aguardavam a hora de se dirigirem para os banhos termais.

Vendo arcos e flechas expostos na portaria, perguntei ao proprietário, o senhor Afonso, se havia índios em Piraí. Índios? Tem sim, disse o senhor Afonso, sorrindo e envolvendo meu pequeno rosto entre suas mãos grandes e macias.

Índios. Imagino agora a excitação do menino Felipe. Ele queria correr para a taba; ele queria ver os selvagens. Puxava o pai pela manga: vamos, pai! Amanhã, dizia o pai. Hoje temos de descansar.

Deitado, no escuro, o menino Felipe apura os ouvidos: são gritos de índios, lá fora? Ou os uivos do vento de Piraí? Prefere que sejam índios, o menino. Gosta de índios, criaturas bronzeadas e gentis, enfeitadas de penas coloridas. Os adultos, tolos, os temem. Fecham as portas e as janelas para que os índios não entrem, apagam as luzes para não serem vistos. E adianta? Nada. Levantem um prato e ali estará um índio; abram uma torneira e dela escorrerá um índio; acendam uma lâmpada e sombras dispersas se reunirão para materializar um índio.

É muito tarde e o pai ainda não voltou para o quarto. De pijama, de pés descalços, Felipe desce silenciosamente a escada de madeira que leva ao refeitório.

Três pessoas, ali. Numa mesa, a um canto, Raffaelle conversa com a camareira, uma mulata que se torce de riso com as coisas que ele sussurra baixinho. Diante deles, muitas garrafas de vinho. Imóvel, na escada, Felipe não sabe o que fazer.

Noutra mesa, o senhor Afonso, um baralho de cartas na mão. Seus olhos encontram os olhos de Felipe, sorri, faz um pequeno gesto. O menino se assusta, volta correndo para o quarto.

Aquela noite, passa mal; chama pelo pai, que não aparece. Felipe senta na cama e vomita o jantar.

Na casa abandonada.

O homem termina de comer a coxa da galinha, atira o osso a um canto, limpa a boca com o dorso da mão, levanta-se. Vai até a janela, uma simples abertura, guarnecida de um tampo de madeira meio apodrecido. Espia para fora.

– Noite feia.

Suspira.

– Minha mãe morreu numa noite assim.

Deu uma febre nela, uma febre alta. Primeiro chamaram o curandeiro que receitou uns chás – sem resultado. A mulher piorou. Chamaram o médico que veio, examinou, disse que era caso de hospital.

Mas meu pai teimou: para hospital ela não vai. Se é para morrer, morre em casa. Meu pai era homem do campo, cabeça dura. O patrão veio em pessoa falar com ele. Não adiantou: se é para morrer, morre aqui, ele dizia.

Morre mesmo, depois de uma agonia de semanas, emagrecendo, delirando. Uma noite – noite feia – parece melhorar. Senta na cama, olha para o marido e os filhos com um ar de surpresa um pouco ofendida. Abre a boca, mas não chega a dizer nada: solta um ronco e tomba para trás.

Se finou, diz uma vizinha.

Ajoelham-se ao redor do corpo, pai, irmãos, vizinhos, todos chorando, porque ela era muito estimada no lugar. O pai agarra a cabeça, beija triste a testa ainda úmida. Os irmãos e os vizinhos se distribuem por braços e pernas.

– Não sobrou lugar para mim.

Galopas ao redor, chorando e pedindo um lugar. Mas é tanta gente ali e tão mirrada ficou a defunta, que pouco sobra para ti. Vês uma mão livre; te precipitas, mas chegas tarde – um mano já está ali. Com a outra mão acontece o mesmo. E a barriga? Na barriga não há ninguém, mas como chegar até lá? Como furar o cerco? Pensas em pular sobre todos e cair sobre o ventre. Recuas, tomas impulso, partes para a corrida, mas justamente neste momento uma vizinha se levanta; te chocas contra as costas dela, cais, rolas pelo chão. Ali ficas, por uns instantes, sem respiração. Te recuperas, te esgueiras por baixo da cama, chegas aos pés: estão livres! A vizinha que os guarnecia sentiu-se mal, teve de ser levada para fora.

Os pés são teus. Os pés – grandes, sujos, calosos, de unhas grossas como chifres – são só teus. Tu lhes diriges palavras ternas, tu os limpas, tu os afagas, beija-os. São teus.

Mãos fortes te afastam do corpo. Está na hora de enterrar a mãe. Não queres que a levem; gritas, dás pontapés. Te empurram, cais no chão, e ali ficas, gritando. Quando ergues a cabeça, estás sozinho. Te deixaram uma vela acesa; mas levaram a mãe. Onde foram? Te levantas, vais até a porta. Não podes sair. Um cachorro, um guaipeca preto e branco está ali, latindo para ti. Recuas. O cachorro ainda rosna um pouco e se vai.

Corres pelo campo, debaixo de uma chuva fina. Onde estarão? Finalmente tu os avistas, perto do rio. Já fizeram o enterro, agora retornam, caminhando devagar. Toda a família: pai, irmãos, tios, o primo de Porto Alegre, desprezado pelo resto dos parentes por ser mulato. (Desprezado? É o que veste melhor. Jogador de futebol, ganha bem. E tem uma bela figura. Pele bonita, dentes brancos. E musculoso. Ali em Piraí muitos tinham músculos – mas eram músculos de trabalhador, massas duras. Os músculos do primo eram flexíveis; avultavam suavemente a cada movimento; transformavam-no num grande gato sorridente, sensual. Que inveja, a de vocês!)

Será que a tua mulher arranja o dinheiro logo?, pergunta o homem. Duvido, respondo. É muito dinheiro, um milhão.

Estou calmo; agora estou calmo. Estive nervoso antes, estive a ponto de desfalecer quando me apontou o revólver, quando me obrigou a entrar no carro. Minhas mãos tremiam tanto que não consegui enfiar a chave na ignição. Resmungando, me fez trocar de lugar com ele e arrancou, me advertindo que estava por qualquer coisa e que eu ficasse quieto – ou me queimava à bala na hora. Me empurrou para o chão e ali fiquei, encolhido, enquanto ele guiava a noventa, a cem, golpeando com violência a alavanca de câmbio – e o revólver sempre a seu lado. Só quando saímos da cidade é que começou a se acalmar, e eu também. Eu estava achando que ele queria o carro; o carro e o meu dinheiro, claro, e a roupa – um bom traje de casemira inglesa, feito especialmente para a festa de Afonso. Pensei que ia me deixar num terreno baldio, ou talvez nos arredores da cidade, de cuecas, tremendo de frio. Isto não me contrariava – não demais. Me contrariava mesmo a possibilidade de manchete no jornal. *Médico assaltado é abandonado seminu.* Sabendo como certos repórteres são irreverentes, eu temia uma notícia desmoralizante, uma foto ridícula: o Doutor Felipe na delegacia, de cuecas (enrolado numa toalha, na melhor das hipóteses), os olhos arregalados, a mão tentando evitar a câmera. Ao fundo, rindo, escrivães, policiais, o próprio delegado; mais ao fundo, atrás de grades, mas rindo também, os delinqüentes. Afonso não gostaria da história. Má imagem para a clínica.

De qualquer jeito, para mim tudo se resumia no transtorno. O carro seria encontrado numa valeta – claro – sem o rádio, sem o toca-fita e sem o estepe – claro; no banco de trás, calcinhas sujas, claro. A bateria descarregada, um farol quebrado, o pára-lamas amassado, a tudo eu me resignava: era só o aborrecimento. Pânico me deu mesmo quando ele falou em resgate. Resgate?! – gritei, assustou-se, pisou com violência no freio, os pneus guincharam; me pegou pelos cabelos, me sentou no banco, me enfiou o revólver na barriga: não me faz mais isto, ouviste? Estava pálido, o lábio inferior tremia. Não me faz mais isto. Não te assanha, porque eu sou nervoso, ouviste? Eu perco a cabeça, eu faço uma bobagem – eu te encho de chumbo! Eu sei que tu és doutor, sei que vales um milhão, mas levas um tiro na boca, desgraçado! Me fodo todo, me estrepo – mas acabo com teu couro, palhaço! Palavra!

Me largou com um safanão; ficou sentado, bufando, olhando para a frente. Estávamos no quilômetro vinte; os faróis dos carros que vinham em sentido contrário iluminavam-lhe o rosto. E o que eu via nos olhos daquele homem era o brilho que tinha visto nos olhos dos doentes do manicômio, o que pensava que era Cristo e o outro, que tinha matado dois padres no dia de matar padre. Não, não era de provocá-lo. Acomodei-me devagar no banco, ele acelerou e seguimos – para onde eu nem quis perguntar.

Ele ri. Muito dinheiro, um milhão. Para um doutor? Não amola. Um milhão pra ti é galinha morta. É como cem cruzeiros para mim. Olha que não é, digo – sem a mínima esperança que ele acredite. E acrescentou: eu não andava bem de vida, agora é que comecei a melhorar.

– E o carro?
– Que é que tem o carro?
– É um carrão.

É verdade: é um carrão. Infelizmente, é um carrão.

– Podes ficar com o carro.
– E eu sou besta! – Ri de novo. – Me achavam num instante, eu neste carro.

E será que não vão te achar de qualquer maneira, pergunto, sentindo que corro riscos. Ele, porém, está bem-humorado.

– Que nada! Esta zona eu conheço muito bem, meu. Eles aqui não me acham. Neste fim de mundo? Que esperança. Nem de avião. Desta casa ninguém desconfia, está abandonada. E o teu carro ficou bem escondido.

É verdade: junto a um grotão, coberto de ramagens.

Não, o homem não é bobo. Está executando seu

plano – se é que tinha plano – direitinho. Uma dúvida continua a me atormentar:

– Por que – pergunto – foste escolher logo a mim?

Me olha, irritado.

– Chega de conversa. Já falaste demais, meu. Agora fica quieto aí. Não vem com tuas perguntinhas espertas, que eu te capo. Ouviste? Fica quieto aí.

Em Piraí, o menino Felipe melhorava dia a dia. Tomava banho nas águas termais, brincava no parque, pescava no rio; se por acaso fisgava uma traíra voltava correndo para o hotel, rindo, muito contente. Estava tão bem que o pai atreveu-se a deixá-lo por uns dias, enquanto ia a Sanga Preta arrumar o carro. Antes de partir, pediu ao senhor Afonso que tomasse conta do filho. É meu único filho, disse, com voz trêmula. Vá com cuidado, disse o senhor Afonso, reparo nele como se fosse meu.

O senhor Afonso era um solteirão afável. Cuidava bem do menino; à mesa, amarrava-lhe um guardanapo ao pescoço e dava-lhe sopa na boca. Fazia-lhe todas as vontades. Só não o levava para ver os índios, apesar da insistência de Felipe: quando é que vamos ver os índios, Afonso? Hein, Afonso, quando é que vamos ver os índios? Chamava-o de Afonso, como se fosse um irmão mais velho.

Então, uma vez, este homem, este Afonso, diz a Felipe que vá ao sótão do hotel. Ali – diz, com ar misterioso – mora, há anos, um velho índio. Está escondido, com suas flechas e cocares – um índio de verdade. Que Felipe vá depois do almoço, quando todos sesteiam. E que não conte a ninguém.

Lá vai o menino Felipe, subindo pela estreita escada do sótão. Encontra um alçapão; tenta levantá-lo, não consegue, e já vai desistir, desapontado, quando de repente o alçapão se abre. Felipe penetra no sótão abafado e escuro. E o que encontra ali? Hem, o que encontra ali? Velho índio, seco como múmia, com flechas e cocares? Ou homem pálido, vestido de branco, estendendo os braços e pedindo em voz lamuriosa um beijo? Ou homem pálido, adornado com cocar, estendendo os braços e pedindo beijo?

Felipe desceu a escada aos pulos, correu para o quarto, trancou a porta. Não saiu para o jantar, apesar dos rogos de Afonso. Vai-te embora, diabo! – gritava. Atirado na cama, tapava os ouvidos para não ouvir a voz súplice do homem. Finalmente fez-se silêncio e ele, exausto, adormeceu.

No dia seguinte Raffaele chegou, com o carro em ordem. Achou Felipe esquisito, perguntou o que havia. Nada, respondeu o menino, estou com saudades da mãe, quero voltar para casa, só isto. Raffaele pediu a conta, elogiando a comida do hotel e atribuindo a melhora do filho aos ares e às águas de Piraí. Que apetite se tem aqui, disse, abraçando fraternalmente o dono do hotel. Felipe não quis se despedir; virou a cara, correu para o automóvel. Afonso foi até lá; estendeu a Felipe um pacote e olhando-o bem nos olhos disse que esperava vê-lo de novo. Confuso, muito vermelho, Felipe desfez o embrulho; encontrou um pequeno arco, flechas e uma fotografia do hotel, com os dizeres: Lembrança de Piraí. Está aí um homem que vai longe, disse Raffaele depois. Sabe se promover, tem visão. Vai longe.

Meu pai era um grande contador de histórias. Bom cantor ("Mamma mia, damme cento lire"), mas melhor narrador. Depois do jantar sentaríamos juntos, pai, mãe e eu. O pai teria comido bem, estaria alegre, corado. Sorvendo seu licor me contaria a história do feiticeiro da Calábria.

Vivera no século dezoito, o feiticeiro da Calábria. Gozava de grande prestígio: milhares de doentes o procuravam. Curava a todos.

O feiticeiro da Calábria não trabalhava com remédios. Usava um amuleto, isto sim. Trazia-o pendurado ao pescoço: uma pequena mão, aberta, com o desenho de um olho gravado na palma. Mão e olho: o bem e o mal. Só a poderosa mão do feiticeiro era capaz de deter o mau-olhado – isto, na Calábria, todos sabiam. Os doentes tinham de fitar o amuleto, enquanto a mão do curandeiro passava-lhes sobre o ventre, descrevendo círculos no sentido dos ponteiros do relógio. Ao cabo de minutos, os doentes se incorporavam – curados! Partiam animados e agradecidos, em paz com o mundo e com suas entranhas.

Segundo meu pai, o feiticeiro da Calábria não era um charlatão, um mero curandeiro. Conhecia a fundo a alquimia e a Cabala não lhe era estranha. Na Cabala, aprendera a tratar os números como seres vivos, como habitantes de um mundo oculto. No silêncio da noite, falava com os números, interrogava-os e assim aprendia muito sobre a vida e a morte. Reconhecia também a influência dos astros sobre o organismo; não ignorava que a pele é inteiriça apenas na aparência, que na verdade ela está crivada de diminutos orifícios permeáveis às radiações astrais. O feiticeiro da Calábria dirigia-se a Júpiter quando queria trabalhar com um fígado ruim, rebelde; recorria a Saturno se o problema era com o baço. De Marte obtinha modificações no fluxo e na consistência da bile. Suas curas ficaram famosas; vinha gente de longe para vê-lo. O próprio Duque convidou-o a viver no Palácio.

A essa altura da história, meu pai estaria de pé, bradando entusiasmado: o feiticeiro da Calábria, nosso antepassado, era um grande homem! E saiu do nada! E a essa altura, uma voz grave confirmaria da porta:

– É verdade.

Aladino. A gente nunca o via entrar, silencioso que ele era.

Solteirão, morava com a mãe na casa ao lado da nossa. Trabalhava num laboratório farmacêutico. Saía de manhã cedo, com uma grande pasta marrom. Ia visitar os médicos; entregava-lhes amostras de xaropes e vitaminas. E mata-borrões, chaveiros, canetas e gravuras coloridas, um mundo de coisas bonitas Aladino produzia da grande pasta. Sempre tinha um presente para mim, e por isto eu gostava dele, daquele homem pequeno e magro. Foi ele quem me emprestou *A Cidadela* e *As Aventuras da Maleta Negra,* de autoria do médico escocês A. J. Cronin. Arrebatavam-me tais livros. Eu lia para meus pais as passagens mais emocionantes. Ficavam de lágrimas nos olhos: vai ser um grande médico, diziam. Aladino concordava.

A mãe uma vez fica doente.

É a noite do meu décimo aniversário. Festa bonita, com meu pai cantando e declamando, minha mãe servindo pizza e vinho, e bolo, e guaraná, os adultos contando histórias e as crianças correndo pela casa... Bom, aquilo. Festa.

Pelas onze, os convidados se vão, muito contentes, deixando pratos sujos e guardanapos de papel por toda a parte. Vamos nos deitar.

Meu sono é agitado, entrecortado de pesadelos; me parece que alguém geme... Acordo, assustado. Alguém geme: minha mãe.

Por que geme? Por que não me deixam dormir? Não quero isso de gemidos, não quero suspiros, não quero risinhos; quero silêncio, quero dormir, dormir. Que façam as coisas deles, mas quietos. Me deixem em paz, me deixem dormir. Tapo a cabeça com o travesseiro.

Os gemidos continuam, mais fortes; e tropel de passos, e a voz alterada de meu pai – mas o que está havendo? Que novidade inventaram? Sonolento, tropeçando no pijama, corro para o quarto deles. E o que vejo?

A mãe, atravessada na cama, pálida, gemendo de dor. Gemendo alto, e de dor! Eu nunca tinha visto a mãe assim. Mas o que é que há, mãe? pergunto, ansioso, o que é que te dói? Não me responde; geme.

Fica com ela, diz meu pai vestindo o casaco, vou buscar o doutor e já volto.

Tapo a cara com as mãos, me contenho para não chorar. Espreito por entre os dedos e ali está a mãe, a testa perolada de suor, a boca entreaberta, e gemendo, sempre gemendo. Aqueles gemidos! Não morre, mãe – grito. Apesar da dor, consegue sorrir, não é nada, filhinho, a mamãe vai ficar boa.

Entra o doutor, um homem grande e calvo, de óculos, enérgico. O que é que há, dona Maria?, troveja desde a porta; o que é que há? já vamos lhe botar em ordem. Senta na cama, dá tapinhas no rosto pálido da mãe, pousa sua grande mão na barriga dela. A mãe se aquieta.

Imóveis, assustados, acompanhamos a trajetória da mão sobre o ventre. Peluda, esperta, a mão sabe o que faz. Explora as regiões ao redor do umbigo e sob o rebordo das costelas; vai às partes baixas do ventre. Ah! Parece ter encontrado os indícios que procura: detém-se, não avança mais, procura aprofundar-se. Enquanto isto, o médico faz perguntas, sondando atento o rosto da doente: dói aqui? Ai! – grita ela, e morde o punho. Dolorosa, mas envergonhada.

Muito bem, diz o médico se levantando. Encara meu pai: Raffaele, ela tem de ir já para o hospital. Mas – balbucia meu pai. Vamos, Raffaele, vamos no meu carro, diz Aladino, e só então noto que está ali. Vamos logo, insiste.

O pai coloca numa maleta as camisolas da mãe. E vamos: o doutor na frente, depois, o pai e Aladino sustentando a mãe cambaleante; e eu.

Mas não me deixam entrar no carro. Grito e choro; o pai me empurra – vai para casa, menino – a porta do carro se fecha e eles partem, levando a mãe. Fico sentado no degrau da porta, de pijama, choramingando e tremendo de frio. Os vizinhos me levam para dentro, me dão leite quente, me botam na cama.

De manhã volta o pai, muito abatido. Conta que a mãe foi operada. Era gravidez fora do lugar, explica (os olhos úmidos?). Me pergunta se estou com fome. Respondo que não, mas me ofereço para ir à venda buscar leite e pão. Assim, trocando-nos pequenas gentilezas, passamos juntos duas semanas.

A mãe volta. Triste. Deixou num balde esmaltado do hospital uma pequena criatura branca, um gnomo; uma larva de gente, uma pequena ninfa, uma coisa minúscula, de centímetros. Um embrião. Quase um filho. Estas coisas pesam: chora.

Está muito fraca. Passa quase todo o tempo na cama, não pode varrer a casa, nem cozinhar. Meu pai é que se encarrega destas tarefas.

A mim não desagrada de todo que a mãe esteja acamada. É que, por causa de seu estado, o médico vem vê-la quase todos os dias. E eu gosto de ver o médico chegar: gosto de ouvir seu vozeirão, gosto de seu cheiro – mistura de éter e de fumo, e de algo vagamente azedo. Da porta, espio-o a examinar o ventre da minha mãe com suas grandes mãos.

As mãos. Terminado o exame, lava-as, enxuga-as meticulosamente na toalha que, solícito, lhe estendo; com o cenho franzido, examina as unhas.

Sua presença impõe ordem à casa. Nós três – a mãe deitada na cama, o pai correndo de um lado para outro, eu olhando – orientamo-nos segundo invisíveis linhas de força que partem do maciço corpo do médico. Ou talvez de sua maleta. É o que eu mais admiro, a maleta do doutor.

Recebe de meu pai uma modesta quantia e sai. Sigo-o até sua casa que fica perto da nossa, na Cidade Baixa. É um velho sobrado, muito maltratado. Não parece, penso comigo, casa de doutor; mas ali está, numa placa descascada afixada à porta, a clara indicação: *Dr. Athanasio – Médico.*

Fico por ali rondando. Quando escurece, esgueiro-me pelo jardim, espio por uma janela. É o gabinete do doutor. Ali está ele, em sua mesa de trabalho. Diante dele, pilhas de livros. Nos armários, mais livros. E crânios, e vários ossos, e vidros contendo fetos e embriões conservados em álcool.

(Álcool? Como sei que é álcool? Na realidade, não sei. Só mais tarde é que descobrirei.)

A porta do gabinete se abre; entra a empregada, trazendo café numa bandeja. Deixa a xícara na mesa e sai – não sem antes fazer uma careta para o velho, debochada que é. Ele não viu, nem sequer levantou a cabeça, mas quando a porta se fecha – com estrépito, porque a empregada a bateu – os embriões estremecem nos frascos. O doutor se sobressalta, eu fujo. Já resolvido a me tornar médico.

Peço a Aladino uma maleta igual à do doutor. Quando entrares na Faculdade, me diz, sorrindo.

O homem se levanta, vai até a porta, espia para fora.

– Está chovendo de novo.

Já percebi. Há uma goteira que pinga exatamente sobre minha cabeça. Temo, porém, fazer um movimento brusco e assustar este homem que agora, sentado no chão, limpa com cuidado e interesse o cano do revólver.

Terminada a tarefa, me olha.

– Aqui, meu, quando chove dá enchente.

Verdade. Bastava chover forte uma semana; Ramão acordava com um palmo d'água no puxado. O rio, cheio, inundara a várzea.

Procuravam refúgio no salão paroquial. Lá ficavam, dormindo no chão, eles e dezenas de outros flagelados. Da cidade, pessoas caridosas mandavam roupas e gêneros alimentícios: arroz, feijão, abobrinha. O padre mesmo cozinhava para eles. Depois da comida, nada tinham para fazer. Passavam o dia à porta do salão paroquial olhando as águas barrentas do rio, lá embaixo, e reconhecendo as coisas que vinham flutuando: o boi morto de um, a mesa da casa de um outro, a porta de um terceiro. Ramão achava graça dos comentários; mas um dia viu uma tábua com desenho de *manzana* e aí sim, ficou triste.

Não era má a vida no salão paroquial – pelo menos tinham comida a horas certas. Mal o rio começava a baixar, porém, o padre, jovial, expulsava-os dali: chega de vida mansa, gente, vão trabalhar!

Foi por causa de uma enchente que o irmão mais velho de Ramão foi embora de Piraí.

Depois que voltaram para casa, este irmão saiu a percorrer os campos, para ver os estragos da enchente. Voltou muito agitado, dizendo que a várzea estava cheia de ossos de gente.

– São os ossos de nossa mãe, que a enchente desenterrou! Eu não fico mais neste lugar amaldiçoado!

Outros não viram osso algum. O irmão, porém, já não queria saber; fez uma trouxa com suas roupas e se mandou para Curumins. Aqui não sou feliz – confidenciou aos irmãos. Em Curumins, sim, é que serei feliz.

Tentou convencê-los a ir junto. Eles não quiseram. Partiu sozinho. Quando vocês quiserem melhorar de vida, disse, venham me procurar.

Fiz o ginásio e o científico num colégio estadual. No terceiro ano do colegial só falávamos em vestibular. A maior parte de nossa turma ia fazer exame para a Faculdade de Medicina.

Nós, os estudantes, éramos um grupo alegre e barulhento. Tínhamos aula depois do almoço, assim que acordávamos sempre tarde. Vínhamos sonolentos, alguns com a barba por fazer, alguns mastigando um pedaço de pão, quase todos com o cigarro Continental caído do canto da boca, quase todos de mau humor.

Entrávamos, deixávamo-nos cair sobre as cadeiras incômodas, encostávamos a cabeça dolorida às paredes divisórias de madeira, suspirávamos, fechávamos os olhos, e apenas os entreabrindo quando o professor chegava. Às primeiras aulas cochilávamos, as vozes monótonas zumbindo aos nossos ouvidos. À medida, porém, que a tarde avançava íamos despertando da letargia; é que o ar ficava mais frio e mais fino, e o vento que soprava do rio trazia odores excitantes. As ruas se enchiam de gente, luzes se acendiam nas casas da Sete de Setembro. Por trás de cortinas vaporosas adivinhávamos mulheres nuas. Mal podíamos esperar que terminasse a última aula. Descíamos a Riachuelo como uma manada de cavalos selvagens, nos enfiávamos nos bondes cheios. Tortura: o contato com os corpos das caixeirinhas que retornavam de suas lojas quase nos enlouquecia. Entrávamos em casa correndo, atirávamos os livros a um canto, pedíamos comida em altos brados. Nossas mães protestavam, dizendo que não tínhamos modos; mas nossos pais intercediam por nós, lembrando que íamos fazer vestibular, que tínhamos de comer – principalmente bolinhos de miolos, bons para a memória. Engolíamos a comida, passávamos uma água na cara e um pente nos cabelos revoltos; e saíamos. Alguns – eu – para o cursinho pré-vestibular, onde sentávamos muito apertados em mesinhas com tampo de fórmica. Sob a luz de fluorescentes assistíamos ao professor sorridente demonstrar que o som de uma campainha elétrica não se propaga no vácuo. A campainha – de tipo antigo, com martelinho – estava encerrada numa campânula da qual uma bomba movida por um pequeno motor esgotava o ar. O som ia se extinguindo e por fim sumia completamente. O martelinho golpeava inutilmente a concha de metal; se ouvia apenas o zumbido das fluorescentes. Os que sentavam mais à frente, e entre eles estavam os mais desconfiados, como os irmãos Fumalli, afirmavam estar escutando alguma coisa, protestavam contra a validade da experiência e se sentiam roubados. Eu não. Eu, alegre – a noite me alegrava – eu acreditava no silêncio imposto pelo vácuo a qualquer campainha, por mais potente que fosse. Contra a verdade científica meu espírito não se revoltava; e a tranqüilidade com que eu aceitava a demonstração de certas leis; a serenidade com que encarava as complexas fórmulas de química; o interesse com que seguia a metamorfose dos insetos e a reprodução das amebas e a divisão mitótica da célula, tudo isto me dava a serena certeza de que eu passaria no vestibular. Outros temiam o exame, e com razão; eu não. Não seria o primeiro, certamente; isto não. Modesto, aceitava-me entre os trinta últimos, ou entre os dez últimos, ou o penúltimo. Ou mesmo o último – que me importava? Eu queria ser *médico,* médico. Um doutor respeitado e querido pela vizinhança: pela bordadeira que morava em frente à nossa casa e pelo dono do armazém e pelo Aladino. Mais: eu queria ter um consultório no centro da cidade. Queria também dar aulas e ser um Professor, ter a minha própria cátedra. Queria ainda fazer pesquisa, queria comparecer a congressos internacionais. Queria vencer. *(Vencer* estava escrito, em letras garrafais, na parede de meu quarto. *Vencer:* em várias páginas de meu livro de biologia. *Vencer:* no céu, em letras de fumaça? Não. De fumaça, não.)

Eu estava seguro de mim mesmo. Quando a campainha (não a da experiência; a da portaria) anunciava o fim das aulas, me levantava, com as costas doídas e os olhos ardendo – mas satisfeito: estava com a cabeça recheada de conhecimentos úteis e proveitosos. E tinha cumprido minha obrigação, tinha justificado o dinheiro que meu pai, modesto caixeiro-viajante outrora perdido no rumo de Morrete e Curumins, guardava – com sacrifício – para minha instrução.

Mas, voltando ao seqüestro, à estrada.

O tanque de gasolina estava quase vazio. Tens dinheiro aí? – me perguntou. Eu tinha. Ele: passa para cá. Apontou um luminoso da Shell: vou botar gasolina. Me olhou: mas cuidado, hein? Não banca o espertinho que eu te queimo.

Deixamos o asfalto e entramos no posto, situado no meio de um vasto terreno enlameado, parcialmente coberto de brita e coque. Paramos ao lado da bomba. Veio o rapaz correndo, com um pano na mão. Espiou pela janela – mas o revólver já estava escondido sob a coxa dele – perguntou:

– Quanto? – Enche – disse, com voz surda.

Deu as chaves ao rapaz. Enquanto este enchia o tanque olhávamos, os dois, os números correndo no mostrador. Mas ele, além disso, ele me vigiava o olho com o canto de seu olho. Como se tivesse duas pupilas em cada olho. Como se tivesse pupilas nos lóbulos das orelhas, nas pontas dos dedos, nas mamicas. Como se tivesse o corpo semeado de trêfegas pupilas cintilando à luz da Shell, mirando tudo ao redor. Pupilas inquisidoras. Pupilas ameaçadoras: te cuida, doutor!

Já aos treze anos me havia advertido, o pai, a respeito de certos perigos. Mas, saindo do cursinho, estávamos livres, eu e outros. Descíamos o elevador e estávamos no centro da cidade. Para nós, os que acordávamos tarde, a noite recém-começava. E começava bem: sobre o leito de pedras coloridas da Rua da Praia, úmidas e reluzentes do sereno, belas mulheres desfilavam, altaneiras, olhando nas vitrinas os manequins vestidos de seda e veludo. Eram refinadas demais para nós, aquelas damas que deixavam perfumes sutis à sua passagem. Descíamos para a Sete de Setembro, para a Voluntários da Pátria. Ali éramos nós os que desfilávamos entre mulheres de pintura berrante, mamas grandes e pernas varicosas. Vem cá, estudante – chamava uma mulata. Vem cá, bem – uma loira. Vem cá, querido. Vem, moço bonito – uma bugrinha esperta, de dentes estragados. Os lábios borrados de batom se entreabriam em sorrisos sedutores; línguas úmidas se projetavam em nossa direção. Caminhávamos muito juntos, os livros e cadernos debaixo do braço; gracejávamos uns com os outros, debochávamos das mulheres – mas no fundo tínhamos medo. Que micróbios se escondiam naquelas bocas, na massa daquele batom, entre as papilas daquelas línguas, nas cáries daqueles dentes, nas criptas daquelas amígdalas, pendurados nas úvulas daquelas gargantas? Que micróbios esperavam por nós entre aquelas coxas roliças? Não sabíamos; mas tínhamos medo. Não do chato; do chato não tínhamos medo, até estimávamos os bichinhos desajeitados que semeavam seus ovos translúcidos em nossos púbis. Continham uma minúscula, modesta vida, aqueles ovos; bem pouco mal poderiam nos fazer. Exterminávamos com pena os bichinhos, usando o querosene e o DDT; e se tínhamos de raspar os pêlos, era pilheriando que o fazíamos.

Mas temíamos a gonorréia, e temíamos mais ainda a sífilis. Sabíamos de corações apodrecidos, sabíamos de um verdureiro enlouquecido se julgando duque. Conhecíamos a penicilina, mas mesmo assim... No entanto, a tesão era mais forte. Acabávamos enlaçando uma ou outra morena; acabávamos subindo escadas vacilantes de velhos casarões, entrando em quartos acanhados, deitando em camas de lençóis sujos. Acabávamos beijando as bocas que eram poços de doenças, acabávamos penetrando como cavaleiros afoitos nas cavernas dos mil perigos. Perigos? Na hora esquecíamos os perigos. Na hora era bom, muito bom.

Saíamos dali, íamos tomar chope e comer sanduíches de lombinho. Contávamos nossas aventuras, mentíamos sobre o preço que tínhamos pago; nosso sonho era a mulher gratuita, a mulher que, agradecida, até nos pagasse.

Às duas da manhã nos dava um súbito remorso: nossos pais dormiam, cansados, depois de um dia de trabalho e às vésperas de outro dia igualmente árduo; e nós nos entregávamos ao deboche. Pagávamos a conta, corríamos para a casa de Zé Gomes e lá, no amplo living – pai muito rico – nos espalhávamos pelas poltronas, nos estendíamos no chão e nos lançávamos desafios: qual é a segunda lei da termodinâmica? qual é a fórmula do ácido linolênico? Fala-me da prófase, fala-me da anáfase. Diz tudo sobre os crustáceos. E assim horas. Uns adormeciam, outros caminhavam para lá e para cá recitando trechos decorados do livro de biologia. Finalmente alguém corria a cortina – e ali estava o sol. Eram sete da manhã. Zé Gomes acordava a velha empregada. Sentávamos, quatro ou cinco, ou sete, ou nove, ou mesmo quinze em torno à mesa da cozinha, tomávamos café, devorávamos o pão, a geléia, o presunto, as muitas variedades de queijo. Voltávamos para casa e, cansados, nos estendíamos na cama, vestidos como estávamos. Pelas frestas das portas, pelos buracos das fechaduras, nossos pais nos espiavam inquietos: o que vai ser deste menino? Também não sabíamos, dormíamos um sono pesado. O vestibular se aproximava, mas estávamos preparados.

E Ramão?

A adolescência encontrou, em Piraí, um Ramão inquieto. Inquieto estava também o irmão: não quero ficar aqui toda a vida, Piraí é um buraco, o pai que me perdoe; o mano já foi embora, a mana chegou a ficar louca.

(A loucura da irmã. Sempre quieta, sempre esquisita, um dia pega a peixeira do pai e põe-se a destruir tudo que está na casa, com metódica fúria. Chamam os curandeiros. O que está sentindo, moça? o que está havendo? – perguntam. Ela não quer responder às perguntas. Quer é correr de um lado para outro, gritando e batendo com a cabeça nas paredes do puxado. Quer ficar louca, e fica.

Não podem ficar com uma demente em casa, uma mulher que não trabalha, que come por duas, que quebra as coisas e não deixa ninguém dormir de noite. Vão falar com o delegado, que resolve trancá-la por uns dias na cadeia. Se não melhorar, diz, vai para o São Pedro.

Não melhora. Levam-na, amarrada, para a estação ferroviária, embarcam-na à força no trem dos loucos. Voltam para a casa tristes, mas de certo modo aliviados: foi para o bem dela, dizem-se. Mas não se confessam o oculto temor, o medo que os loucos se revoltem, que dominem o maquinista, que façam o trem voltar a Piraí. Não vá a louca aparecer com um bando de doidos, prontos para a farra. Os loucos são arteiros, eles sabem. Mas o trem não volta tão cedo. Quando aparece, vem vazio. Pronto para recolher outros louquinhos.)

Ramão ouvia as conversas do irmão – inquieto, os olhos brilhando. Inquieto. Acordava no meio da noite e ficava se apalpando e cheirando o sovaco: sou eu mesmo?

Queria mulher. Ali, nas terras do Barão? Poucas. A filha do Barão, uma linda moça, não era para o bico dele. As filhas dos outros agregados eram umas debochadas, chamavam-no de bugre.

O irmão tinha razão. Bom mesmo seria ir para a cidade. Lugar de coisas boas. Lugar de mulheres.

– Não querem comprar produtos da colônia? – pergunta o rapaz do posto de gasolina. Aponta uma tenda, ao lado do escritório. Filas de garrafões de vinho enchem o balcão. Do teto pendem queijos, lingüiças, salames. E há artigos de artesanato, também.

Vamos dar uma olhada, diz o homem, enfiando rapidamente o revólver no bolso. E acrescenta: mas cuidado, hein? Cuidado.

Descemos do carro. O rapaz acende a luz da tenda. O homem examina um garrafão de vinho, o cenho franzido, mas o olhar prazenteiro, a boca entreaberta num meio sorriso. Me dá, comanda, quatro destes aqui. Aponta as lingüiças: daquelas, quero meia dúzia... Arrebanha vidros de conservas feitas em casa. E laranjas e bergamotas. Manda que o rapaz coloque tudo no carro. As compras me deixam preocupado: tanto mantimento faz pensar num cativeiro prolongado; ou será apenas guloso, o homem?

Já está interessado em outra coisa: um cavalinho de madeira sobre um pedestal. Revira-o, intrigado: que negócio é este? Que bobagem eles andaram inventando aqui? Termina se irritando; me estende o objeto num gesto brusco:

– Tu, que entendes das coisas, me diz como é que funciona este troço.

Examino o cavalinho. Constato que mede uns dez centímetros, que é articulado (segmentos das patas e do corpo são atravessados por tirinhas de borracha presas a uma peça redonda e móvel, contida no pedestal). A pressão sobre esta peça resulta em o cavalo corcovear, vacilar, tombar como morto. Cessada a pressão o cavalinho volta à posição anterior: ereto, imóvel. Olhar absolutamente fixo, porquanto os olhos são pintados.

Me arrebata o brinquedo:

– Jóia! Jóia mesmo!

Faz o cavalinho mover-se, ri satisfeito ao vê-lo ajoelhar-se sobre as patas dianteiras.

– Deita, bicho, deita! Isto mesmo. Bicho mais danado!

Manda embrulhar. Pergunta quanto é tudo, paga, deixando uma boa gorjeta. Entramos no carro e seguimos.

Todo o mundo estava indo para Curumins. Um homem chamado Ernesto estivera plantando milho para o Barão; estivera plantando bem; largou o plantio e foi para Curumins. Uma mulher, Corália, estivera lavando a roupa do Barão; estivera lavando bem e merecendo elogios; largou a lavagem, largou o marido e foi para Curumins.

Todos vão para Curumins, dizia o irmão, eu também vou. Tu vens comigo, Ramão? Vou, mano – Ramão, resoluto – vou contigo, vamos para Curumins.

Pediram licença ao pai para partir. Hesitou, o Pedro, mas acabou consentindo. Ramão perguntou se ele não queria ir junto. Suspirou: não, vão vocês, eu fico aqui. Nesta terra estão os ossos da minha velha. E de mais a mais, devo ao Barão muita obrigação. Não vou.

Botaram as roupas numa sacola e foram para o sul, para Curumins.

O prédio da Faculdade de Medicina fora projetado originalmente para ser um teatro, e ainda conservava alguma coisa de teatro: o amplo vestíbulo, a magnífica escadaria em mármore e ferro trabalhado, os lampadários. Um subia os largos degraus esperando chegar a camarotes e não havia camarote nenhum: salas de aula, isto sim. Um abria uma porta pensando entrar num camarim – e era um laboratório; microscópios enfileirados sobre uma comprida mesa, armários de vidro cheios de frascos e instrumentos de metal brilhante, uma grande torneira pingando, melancólica, a intervalos.

Quanto ao palco, este sim, sua presença invisível estava em todo o lugar. Cortinas invisíveis corriam e revelavam cenas enigmáticas: imóveis, cavalheiros em casacas escuras, peitilhos de rendas e chapelões contemplavam um doente, um homem pálido e descarnado, nu, sentado numa banqueta com pés em garra.

Foi um verão quente, aquele do nosso vestibular. De bonde, de ônibus, alguns de carro, muitos a pé, acorríamos à Faculdade de Medicina. Vínhamos risonhos, ou tensos, ou risonhos e tensos; alguns calados, outros loquazes. Poucos assobiando. Aguardávamos no saguão, conversando, lançando-nos questões, ou então olhando as placas de bronze que homenageavam nomes ilustres da Medicina.

Entrava um professor, entrava outro. Entravam alunos da Faculdade, do terceiro ano, do quinto, doutorandos. Nos olhavam com curiosidade; nós os olhávamos com respeito.

Faziam a chamada, entrávamos nas salas de aula, recebíamos as folhas de papel almaço. Um professor ditava as questões. Suando, fumando muito, escrevíamos as respostas e saíamos cheios de dúvidas e incertezas. Ainda não liberados: faltavam os orais.

Fui muito mal no oral de física e regular no de história natural. Compareci ao oral de química, realizado à noite, cheio de apreensões; uma grande mariposa escura que entrou voando por um dos janelões abertos não contribuiu para aliviar o meu nervosismo. Sentado, eu olhava a banca: três professores, sentados sobre uma alta plataforma, através de uma grande mesa de jacarandá trabalhado. Os três usavam óculos; quando moviam a cabeça as lâmpadas arrancavam das lentes reflexos breves mas ofuscantes. Na rua, automóveis buzinavam, os bondes estrugiam sobre os trilhos. No parque, um animal insone emitia seu uivo dorido.

Fui chamado. Sentei-me diante do examinador, um doutor gordinho, calvo. Sorteei o ponto. Olhou a lista: acetaldeído, sussurrou. Não entendi: pode repetir? Repetiu, no mesmo sussurro: acetaldeído, conhece? Quero acetaldeído, quero aldolização.

Acetaldeído? Onde estava aquilo, na minha cabeça? Procurei, desesperado, sem conseguir encontrar. Olhei para um lado, olhei para outro. O professor esperava, a face inexpressiva. Acetaldeído, balbuciei, tem a forma gasosa... Riu baixinho: forma gasosa? Não, meu caro. O acetaldeído é um líquido volátil. Mas, arrisquei, se a temperatura se elevar, não pode se apresentar sob a forma gasosa?

Transtornou-se. Arregalou os olhos, deu um murro na mesa.

– Seu malcriado! – berrou – Eu disse que é um líquido volátil! Ouviu? Líquido volátil!

Os outros professores voltaram-se para ele. Enrubesceu, passou a mão na testa. Tremia. Desculpa, disse em voz baixa. Me desculpa, ando muito nervoso. Estou doente... É uma coisa grave. Deves compreender a minha situação. Afinal, já és quase médico.

Quase médico! Uma súbita euforia apoderou-se de mim. Quase médico, sim: acetaldeído, eu agora me lembrava bem, eu visualizava a página da apostila que o descrevia, a fórmula e tudo, acetaldeído, eu disse, é preparado pela oxidação do ácido etílico! É verdade, ele disse, um súbito interesse animando-lhe o rosto! O acetaldeído, continuei, é miscível em todas as proporções com a água! Isto mesmo! – ele se entusiasmava! O acetaldeído se polimeriza *facilmente* (enfatizei o facilmente) em presença de cloreto de zinco! Correto! – exclamou, se levantando, me estendendo a mão! Inteiramente correto!

Saí dali certo de ter sido aprovado. De fato, fui aprovado.

Ainda estou com fome, diz o homem. A galinha estava boa, mas ainda estou com fome. Acho que vou de lingüiça.

Abre o embrulho de papel jornal, tira as lingüiças, cheira-as – faz uma careta – enfia-as no espeto. Tenta avivar o fogo; inutilmente, só restam cinzas. Se impacienta, arranca as lingüiças do espeto, come-as assim mesmo. E come pão, e conservas, e laranjas. Devora tudo, como um animal, se lambuzando todo.

A festa que meus pais fizeram, para comemorar a minha aprovação! Gastaram o que não podiam. Convidaram todos os vizinhos e parentes. Aladino entrou, silencioso como sempre, me trazendo de presente uma maleta de médico. Brindamos todos, várias vezes, eu me sentindo um pouco constrangido por causa daquela gente barulhenta. Mas foi uma bela festa; como agora, muitos anos depois, se vê.

Depois que todos foram embora, o pai veio ao meu quarto. Trazia na mão um saquinho de veludo vermelho. Felipe, disse, quero te dar um presente. Ora, meu pai, vocês já fizeram tanto por mim, vocês me criaram, vocês me deram estudo, vocês me ofereceram esta festa. (Mas eu estava curioso: o que haveria no saquinho?) Sim, Felipe, mas este é um presente muito especial, é uma coisa que está com a nossa família, sabe há quanto tempo, Felipe? Há séculos.

Abriu o saquinho, tirou de lá um curioso objeto: uma pequena mão de metal, com os dedos espalmados.

– Pega, Felipe. – disse o pai, comovido. – É tua.

Peguei-a. Era realmente antiga, a pequena mão, já bem gasta. Na palma se via, bem nítido, o olho gravado. Olho aberto, fixo. Olhar maldetido, imobilizado pela palma. Aquilo era o amuleto do feiticeiro da Calábria.

Mas o que faria eu com aquilo? Ora, pai, eu disse, não é preciso me dar uma coisa destas, que tem tanto valor para ti. Me olhou, os lábios trêmulos, as lágrimas querendo saltar: usa, filho, faço questão que uses. Está bem, eu disse, guardando o amuleto.

Não queria contrariá-lo – mas onde usaria aquela mão de metal? Numa corrente, pendurada ao pescoço, como o feiticeiro? Nunca. Eu era um acadêmico, não um charlatão ou camponês supersticioso. Decidi usá-la no chaveiro. Chamaria menos a atenção.

Uma mão grande, mas de dedos curtos e grossos. É com esta mão que esmaga as pequenas mariposas pousadas sobre a parede. Coitadas. Entram atraídas pela luz das velas (o homem comprou um pacote na tenda) acesas sobre um caixote *(manzana?)* que achou a um canto. Mas não encontram a luz, encontram a morte. Ele as mata. Em silêncio, sem rir, sem falar; ora com uma mão, ora com a outra. Às vezes, me olha.

No desfile dos calouros, Felipe foi fantasiado de esqueleto: malha preta, com os ossos pintados em branco. Outros representavam os Estados Unidos, a América Latina; e comerciantes desonestos, e conhecidos políticos e famosos atores. Sobre um caminhão, seis, usando gorros, máscaras e aventais sujos de mercúrio, e brandindo facões e serras, fingiam operar um sétimo que, deitado sobre uma mesa de cozinha, gritava e esperneava. Da barriga aberta saíam pedaços de corda, parafusos, trapos, galhos de árvore, livros, animais empalhados. Lingüiça. Brinquedos. O desfile terminou com um banho no chafariz da Praça da Alfândega.

Em Curumins, Ramão e os manos foram trabalhar na indústria de refrigerantes, recém-inaugurada por

Afonso. Engarrafavam ali soda-laranjada, soda-limonada e também a água mineral de Piraí. Aos irmãos tocou colar os rótulos nas garrafas, trabalho leve, que os dois mais velhos faziam rindo e gracejando.

Ramão não ria. Bem que queria, mas não dava: qualquer sorriso, mal-esboçado, se transformava numa careta. Queixava-se de indisposição, de dor de barriga, de soltura: emagrecia. Os irmãos se assustavam: seria castigo, por terem abandonado o pai em Piraí?

Acorda à noite, o Ramão, gemendo de dor. Os irmãos correm à fábrica, situada a um quilômetro do barraco onde vivem; de lá telefonam para o plantão do Instituto. Querem um médico; mas se atrapalham com o telefone, não sabem falar em tais aparelhos. Aqui, soltura – gritam. Aqui soltura, e dores.

A ambulância do Instituto não aparece. De manhã vão reclamar: por que não foram lá em casa? Foram, responde o funcionário, mas não acharam o lugar; onde vocês moram não tem rua, não tem número, não tem nada.

Não sabem o que responder, os irmãos; se revoltam: a gente para eles não vale nada, a gente pode morrer que eles não aparecem, pobre não tem vez mesmo.

Tiram o Ramão da cama, vestem-no, levam-no de qualquer jeito ao Instituto. A fila para consulta é enorme: são os pobres. Almejam atenção para seus males; almejam a cura e a alegria. Enquanto esperam, trocam idéias sobre doenças e remédios, oferecem-se rapadura ou frutas da estação. Os que têm térmica e cuia servem chimarrão, para espantar o sono. Alguns estão ali desde as quatro da manhã. O velho das botas, como de costume, é o primeiro da fila.

(Era esperto, aquele velho. Chegava à noite; armava uma barraca no gramado, bem à porta do Instituto, e ali ficava, dormindo, até a hora das consultas. Deitava sobre uma pele de urso que um alemão lhe dera de presente. Enrolado nesta pele costumava invadir o quarto das mocinhas à noite para fazer sacanagens. Fizera isto em Piraí, fizera em Curumins, até descobrir o truque da barraca. Atraía para ali as seguradas que madrugavam na fila. Sentindo na pele o vento frio elas atendiam ao convite do velho e se enfiavam na barraca, onde sempre havia caninha e rapadura e um bom pedaço de lingüiça.

A mulher lá dentro, o velho arma seu truque: tira as botas, deixa-as aparecendo sob a lona, as biqueiras para cima – como se estivesse adormecido. Adormecido nada. Estava gozando, isto sim.

O fim da história: um dia o velho não aparece. A barraca no lugar de sempre, as botas à mostra – mas nada do velho. Conhecidos vão à casa dele, encontram-no morto. Bem morto. Barraca retirada. Mãos piedosas constroem no lugar uma capelinha. Fala-se de milagres. O velho de botas é venerado.)

A fila dava volta ao quarteirão. Ali surgiram farmácias, laboratórios de análises, agências funerárias. Num terreno em frente, um hospital estava sendo construído. Seu dono: Afonso, antes hoteleiro, agora dono de indústrias – e de hospitais. Teria pensado grande, este Afonso; teria pensado numa cadeia de hospitais, de Piraí a Porto Alegre, recebendo doentes de todo o Instituto. Porto Alegre ainda estava longe, mas a Curumins ele já havia chegado.

Nas calçadas, os vendedores de ervas apregoavam as qualidades da losna, do quebra-queixo, da malva, do funcho; cartomantes ofereciam-se para ler a sorte.

Foi neste colorido cenário que Ramão encontrou a morena de Curumins, a linda moça que chorava por ter perdido seu lugar na fila. Embora com dor, cedeu-lhe o lugar, mas não era para ela e sim para a mãe dela; quando a velha apareceu, já veio reclamando, dizendo que não gostava que a filha palestrasse com estranhos. Ramão se despediu, mas já tinha o endereço da morena e naquela mesma noite escreveu, em sua laboriosa caligrafia, uma cartinha: "Querida morena de Curumins..."

Não, respondeu ela. A dor estando cada vez pior, Ramão prometeu-se que nunca mais daria a alguém o seu lugar na fila do Instituto.

Eis o acadêmico Felipe no baile dos calouros, sentado junto com os pais numa mesa perto da pista. Muito teso em seu terno novo, os sapatos lhe apertando um pouco, ele se sente tonto. Alegre – tomou duas cubas-libres – mas tonto. Acabou de dançar a valsa com a mãe, debochou do pai, riu muito – mas agora o sorriso se desfaz lento em seu rosto. Sente que vai ficar melancólico (por que, não sabe) e não quer ficar melancólico; não quer estragar a noite.

Alguém o toma pelo braço. É Zé Gomes: vem cá, quero te apresentar minha prima. Prima?... Felipe hesita. Não quer deixar os pais, não está muito a fim de primas. Mas Zé Gomes insiste: vem, rapaz, vais gostar da guria. Os pais dizem que vá. Levanta-se e acompanha Zé Gomes.

Maria da Glória. Linda. Felipe, que nunca tivera namorada, fica encantado. Convida-a para dançar. Vais me desculpar, ela diz, danço muito mal. Eu também, ele diz. Riem, saem dançando: primeiro um fox, logo um baião e um samba, Felipe olhando-a (trigueira como uma princesa árabe, é a comparação que lhe ocorre) e ela olhando-o também, mas de esguelha, com o canto dos grandes olhos escuros. Estou cansada, diz. Felipe acompanha-a à mesa. Maria da Glória apresenta-lhe a mãe, uma senhora alta e morena, que, cintilante de jóias e lantejoulas, o cumprimenta com desconfiança. O pai mostra-se mais acessível, aperta-lhe a mão: assim que és colega de meu sobrinho, rapaz? Muito bem. E que tal a Faculdade?

Palestram um pouco. O homem fala de sua fazenda, de Piraí. Queixa-se da falta de médicos no lugar: só temos um, diz, e já está velho. Quando te formares, já sabes: é só me procurar. Já falei do assunto ao Zé, mas ele não quer saber do assunto. Aquilo é bicho da cidade.

Ri: eu, pelo contrário, não suporto Porto Alegre. Só saio de Piraí amarrado. Maria da Glória é a mesma coisa. Não é, Maria da Glória?

Ela concorda com a cabeça. Felipe não pode tirar os olhos dela. Que linda boca, carnuda. Que delicado pescoço. Que seios mimosos. Que porte altivo (de princesa, lhe ocorre).

– Vamos, Barão – diz a mulher. – Está ficando tarde e amanhã temos de viajar.

Vão de carro?, pergunta Felipe, tentando retê-los. De trem, diz o Barão, e diante da estranheza do rapaz, explica: gosto muito da via ferroviária. Além disto, viajamos num vagão especial, muito bonito, muito confortável, e de valor sentimental: é herança do meu pai. Quando quiser está às ordens.

Ramão dizia para os outros operários da fábrica que sua doença era da água. Que a água mineral de Piraí não prestava, que tinha gosto de podre, de coisa morta. Afonso ficou sabendo dessas conversas. Mandou chamá-lo.

Foi, assustado. Não queria perder o seu primeiro emprego. Arrependia-se de ter falado. E agora? Como se explicaria com o patrão?

Ficou duas horas na sala de espera, nervoso, quase chorando. Chamaram-no; entrou, arrastando os tamancos, o boné na mão.

Ali estava o senhor Afonso, um homem elegante, sentado à mesa de seu luxuoso escritório.

Não gritou. Falou com bons modos; perguntou o que tinha Ramão contra a água mineral. Ouvia atentamente o relato das queixas, olhando fixo o rapaz, um leve sorriso no rosto pálido. Ramão, entusiasmado, descrevia com muitos detalhes as dores de barriga, a soltura.

De repente, Afonso se levantou. Foi até a porta,

chaveou-a. Pediu que Ramão tirasse a camisa e que deitasse no sofá.

– Quero ver onde dói.

Ramão estranhou: o senhor é médico? Ele: deita. Ramão.

Deitou. Fechou os olhos quando as mãos de Afonso deslizaram por seu ventre. Gostou daquelas mãos; eram macias, pareciam espertas.

A surpresa: Maria da Glória ainda ficava uns dias! Para consultar o médico, parece.

Saíram juntos todas as noites. No cinema, Felipe pegou-lhe a mão. Mão pequena, quente, arisca como um pequeno mamífero. Mas não fugiu, a mão deixou-se acariciar e até se aninhou melhor entre os dedos de Felipe. Depois, enquanto Cyd Charisse rodopiava na tela, ele a beijou, primeiro a fronte, depois os lábios – que chegaram a se entreabrir e ficaram úmidos, reluzentes à luz multicolorida que se refletia da tela. Beijou-a no Parque da Redenção, e em Vila Elza, e no Alto da Bronze. Falavam pouco, se olhavam muito. Mas ele voltava para casa cantando, acordava os pais para dizer que estava apaixonado e pedir bife com ovos fritos. Estou fraco – gritava – de tanta paixão!

Quem sabe ele vai acertar comigo, pensou Ramão. Mas quando as mãos tentaram se introduzir sob sua calça saltou, indignado: mas que é isto, seu Afonso, como é que o senhor tenta estas coisas comigo, o senhor pensa que eu não sei o que o senhor é, mas eu sei muito bem, o senhor é um veado sem-vergonha. O homem – psiu, psiu! – botava os dedos nos lábios, alarmado com a gritaria, mas Ramão não se continha: eu sou pobre mas honesto – bradava – e o senhor é rico mas ordinário, o senhor não vale nada, o senhor é um filho de uma égua.

Vestiu a camisa, saiu de cabeça erguida e foi direto contar aos irmãos o sucedido. Se indignaram, quiseram matar o atrevido; depois acharam que não valia a pena, que o negócio era deixar o emprego. Mas, e? Fazer o que em Piraí? Afonso ali era mandão, podia acabar com a vida deles. Resolveram vir para Porto Alegre.

No fim da semana ela voltou para Piraí. Despedimo-nos na estação. Quando é que voltas?, eu perguntava e tornava a perguntar, mas ela não sabia responder. Prometeu escrever.

Não escreveu. Era linda, naquele ano de 1959. Continua sendo. Não é para o teu bico, seqüestrador.

Termina de comer as lingüiças, limpa a boca com o dorso da mão. Toma um gole de vinho do garrafão, arrota, faz uma careta.

– Acho que comi demais.

Senta no chão, olha ao redor. Assobia baixinho. Não tem o que fazer, se enfastia.

Aí avista o cavalinho. Ah! Seu rosto se ilumina. Esfrega as mãos nas calças, toma o brinquedo com cuidado. Já sabe como proceder: faz o cavalinho oscilar em seu pedestal, fá-lo agitar-se em convulsões, fá-lo tombar. Ri:

– Morto! Mortinho, o bicho!

Estudamos anatomia. Estudamos os ossos. Estudamos velhos fêmures polidos pelo contato de muitas mãos, estudamos crânios. Sobre ossos, sabíamos tudo. Depois das aulas íamos para a casa de Jurandir, cujo pai, médico, tinha um esqueleto todo montado. Jurandir divertia-se com o esqueleto. Abraçava-o ternamente. Dançava com ele.

Estudamos o manequim. Era francês, muito bem construído, quase em tamanho natural. A parte anterior do ventre se abria como portinhola, revelando aos nossos olhos órgãos de massa: um fígado marrom, um baço esverdeado, um pâncreas creme, rins borgonha, intestinos vermelhos. Muito leves, estes órgãos se desprendiam de seus encaixes e passavam de mão em mão; eram examinados e voltavam a seus lugares, a portinhola então se fechando. Manequim: visto.

Estudamos o cão. O cão, um vira-latas, lutou muito até ser dominado e amarrado à mesa. Foi anestesiado e operado por um instrutor que nos mostrou o coração batendo, e logo parando de bater: o cão morria. Foi guardado no refrigerador. Mais tarde, nós o dissecamos, pulgas congeladas caindo de seu pêlo ralo e sujo. Cão: visto.

Finalmente, as grandes portas dos refrigeradores se abriram: chegávamos aos cadáveres. Suspensos de seus ganchos, nos aguardavam, enfileirados, iluminados por uma fraca lâmpada. A princípio intimidados (visão da morte etc.), passamos logo a providências práticas: fizemos as contas e nos dividimos, quatro estudantes para cada cadáver. No meu grupo: Zé Gomes, Jurandir e um distraído rapazinho judeu chamado Jaime. Zé Gomes e este Jaime nada queriam com a anatomia; mas entre Jurandir e eu logo se gerou uma surda rivalidade.

Me invejava. Nas aulas práticas eu sentia seu cotovelo hostil em minha barriga, tentando impedir que eu me aproximasse do cadáver. Eu não comprava a briga, não; deixava o cotovelo ali, acomodava-o entre as dobras de meu avental e, com um hábil movimento, desviava-o do caminho. Me chegava à mesa e ficava dissecando.

No pé direito do cadáver julguei ter encontrado uma veia anômala. Mostrei-a ao instrutor. Não é veia anômala, disse.

– Mas o que é isto, então? – perguntei.

– Nada – respondeu.

– Como, nada?

– Nada. Nada de importante.

– Nada, nada! – eu, irritado. – Nada não pode ser! Alguma coisa tem que ser, para estar aí no cadáver. Nada, nada!

– Pois não é nada. – Riu: – Não existe, sabes? É uma miragem.

Afastou-se. Jurandir ria e me imitava: "Nada, nada!" Apelidou-me de Doutor Miragem. A coisa pegou: no jornalzinho da Faculdade me caricaturizaram olhando um cadáver com lente. A legenda: *Doutor Miragem*. E era assim que todo o mundo me chamava. Apelidos ou não, eu ia em frente. Comecei a freqüentar o necrotério à noite, para dissecar sozinho. No início, houve problemas – os cortes de luz eram freqüentes à época. Me acostumei a trabalhar com velas.

Era quieto, o necrotério, à noite. À luz fraca da vela eu explorava o abdome, já aberto do esterno ao púbis. Seguindo o trajeto das vias biliares eu só encontrava motivos de assombro. Que surpreendente arquitetura, a do fígado! Que órgão misterioso, o pâncreas! E o baço? Que dizer do baço? Pouco dizia do baço, meu instrutor; tudo que aprendi do órgão foi por meu esforço próprio. Explorei todos os recantos do abdome, entrando madrugada a dentro. Surpreendeu-me uma vez um raio de sol: entrando por uma fresta da janela, fazia reluzir os dentes da morta, uma mulher miúda e magra, mas de dentadura perfeita. Raio de sol. Levantei-me, tonto, e fui acordar o servente do necrotério, que adormecera esperando que eu terminasse a dissecção. Tomamos café num bar em frente à Faculdade, junto com motorneiros que chegavam para o trabalho na Carris. Enquanto eu durmo vocês roubam ossos, queixou-se o servente. Não dei bola; continuei trabalhando à noite, porque queria progredir. E progredia. Era dos melhores alunos. Jurandir que debochasse.

Jaime escreveu um conto, que foi publicado no jornal da Faculdade. Chamava-se *Pequena História de um Cadáver*. Começava assim: "Numa manhã (bela, talvez) de janeiro do ano da graça de 19..., Maria da Silva, branca, solteira, de 26 anos, esquizofrênica, após tomar impulso decisivo lançou-se de cabeça contra a espessa parede do Hospital de Alienados, a qual confirmou a tradicional superioridade (sic, F.N.) das pedras sobre os crânios humanos". E continuava: "Maria, que durante toda sua vida fora um trambolho inútil para a família e o último refúgio de soldados sem vintém, de repente passou a ter certo interesse, e mesmo utilidade: seu corpo, colocado num caixão de pinho bruto, foi levado à Faculdade de Medicina para ser usado em estudos de anatomia. Havia falta de cadáveres, naquele ano, e Maria era esperada com ansiedade.

No momento em que o carro fúnebre penetrava no pátio da escola era afixada no saguão a lista dos candidatos aprovados no exame vestibular.

Um grupo de quatro estudantes começa a dissecar o cadáver. Enquanto manejam pinças e bisturis, discutem a problemática social, a função da medicina, o sentido da vida. Um é diletante (Quem? Zé Gomes?); outro, um revolucionário congênito (Sic! Mas quem? O próprio Jaime? Não me parecia); o terceiro, neurótico (poderia ser o Jurandir); o quarto, um frio calculista? (Eu? Não, Jaime. Aí erraste.)

Enquanto isto o cadáver apaixona-se (!) pelos quatro rapazes – um terno sentimento que não cessa mesmo quando lhe extraem o coração, mesmo quando lhe expõem à luz útero e ovários. O ano letivo termina.

Maria estava reduzida a muito pouco, agora. Sem

braços, sem pernas, sem cabeça, o tórax e o abdome vazios, não era mais sombra do que fora.

Os quatro jovens se dispersam: o primeiro vai para a praia; o segundo, para um congresso de estudantes nacionalistas; o terceiro vai visitar o pai canceroso, no interior; o quarto arranja um emprego como auxiliar de um cirurgião. Quanto ao cadáver, é queimado no forno crematório da Faculdade: 'Os ossos estalavam, a gordura crepitava, os ligamentos esfarinhavam-se em cinzas'. Assistem à cena um estudante de medicina, sua namorada e amigas desta. Eu nunca poderia estudar medicina, diz uma delas, é preciso ter coração de pedra. O estudante nada responde, sorri apenas"; e o conto termina.

Um dos Fumalli roubava falangetas. Uma vez, caíram-lhe do bolso do avental, que estava furado. No chão de ladrilhos, os pequenos ossos se espalharam, sem nenhuma simetria, sem formar nenhum desenho em especial. Viste? – me disse o servente naquela noite. – Eu sabia do que estava falando. Vocês, estudantes, são todos uns ladrões.

Por uma módica quantia me mostrou o museu de peças anatômicas bizarras, que ficava no subsolo da Faculdade. Ali estavam, conservados em álcool, o feto com duas cabeças, um tórax de mulher com doze mamas, a cabeça do homem que tinha um olho – muito aberto, fixo – na testa. Ali estava o pé com doze dedos. A mão de cuja palma brotava, como uma arvorezinha, uma segunda mão, menor; do polegar desta saía um minúsculo dedo. Ali estavam os xifópagos, claro, e a orelha mumificada com três lóbulos. Ali estava o pênis bífido e a unha em espiral. Ali estava a língua calcificada (pedra, verdadeira pedra) e o nariz de um bugre, atravessado, em dezoito lugares, por estiletes de sílex. Ali estava (meu coração bateu mais forte) a mão que tinha um olho encravado na palma.

Bem que eu tinha vontade de levar Jurandir ao museu. Miragem? – eu perguntaria. – Miragem, Jurandir?

Não. A Jurandir eu não mostraria nada. Estávamos em campos opostos, não era o caso de compartilhar nenhum conhecimento, por mais exótico que fosse. Quem menos corre voa, era o que eu me repetia; e me atirava à dissecção do coração e dos vasos da base. Agora, eu só ia.

Nós dois sentados no chão, frente a frente. Eu, as mãos amarradas. Ele, o revólver na mão, a peixeira ao lado. Entre nós, o caixote *(manzana?)* e, sobre este, a vela acesa.

Me olha. Olhar fixo, entre suspeitoso e rancoroso, mais suspeitoso o olho direito, mais rancoroso o esquerdo; por causa da luz vacilante da vela, talvez.

E sombras; sombras no chão, sombras nas paredes. Grandes sombras trêmulas. E o vento. Sopra forte lá fora, se infiltra pelas frinchas, levanta cinzas da fogueira apagada.

Me olha. Sustento seu olhar. Já sustentei o olhar de muitos, estou treinado. Disciplinei os músculos que movem as pálpebras, os globos oculares. Ordeno-lhes que fiquem quietos, e quietos ficam. Mas ele – ah! – pisca. Não domina esta arte. Pisca de novo. E de novo. Esfrega o olho direito.

– Merda! Me entrou uma coisa no olho.

Esfrega, esfrega.

– O que será?

Cinza, talvez. Ou um minúsculo inseto (a vingança das pequenas mariposas?).

– Porra, está ardendo!

Levanta-se, cambaleando (vinho?):

– Vou lá fora, lavar no rio.

No rio! Aquela água limpinha, onde até peixe tem. Periga até entrar-lhe um peixe no olho. Peixe no olho, esta é boa! Pequenino peixe, não podendo voltar ao rio onde nasceu, abre caminho a dentadas para dentro de um globo ocular e lá fica, nadando como num aquário, aparecendo e desaparecendo na pupila! É boa. É de anotar.

– Não. – Mudou de idéia. – Tu vais dar um jeito nisto. Mas olha aí: nada de sacanagem, hem? Te furo a bala.

Me desamarra as mãos, fica de cócoras perto da vela. Surge na pupila direita uma minúscula chama vacilante. Surge na pupila esquerda outra chama – menor? Mais firme? Não: é a mesma. Eu, de joelhos, estendo as mãos.

– Cuidado!

O revólver na minha barriga; me cutuca, três vezes, com o cano. Se contrai assustada, a barriga? Não. Minha barriga não é como a de Ramão, não é sensível e dolorida, barriga de larva, frágil; minha barriga é esperta; agüenta.

Com o indicador de minha mão direita, dedo muito hábil, puxo-lhe para baixo a pálpebra inferior. Nada: nenhum sinal de corpo estranho. Com a ajuda de um pau de fósforo reviro a pálpebra superior, deixando exposto o branco daquele olho. Nada. Não há cinza, não há inseto. É um olho como qualquer outro. Tudo bem, digo. Não tem nada.

– Nada? – desconfiado.

– Nada. Nada.

– Como, nada? E isto que eu estou sentindo o que é?

– Nada. Deve ser impressão.

Solto-lhe a pálpebra. Pisca, várias vezes. Ainda de cócoras, eu ainda ajoelhado. Tento me levantar. Meu ventre empurra-lhe o braço, cai para trás! Cai sobre a vela, que se apaga. No escuro, ouço-lhe o grito.

– Não te mexe! Fica aí!

Tateia, em busca da vela.

– Espera eu acender a vela. E não te mexe, porque eu te encho de chumbo. Sei onde estás. Sei muito bem onde estás! Fica-te quieto aí!

Aguardo, imóvel, a respiração suspensa. Está bem, meu, não vou fazer nada, te acalma.

Acende um fósforo, e logo a vela, que mostra sua cara transtornada de fúria. Põe-se de pé, a vela na mão:

– Cachorro!

Me acerta um pontapé. Rolo pelo chão. Calma, balbucio, foi sem querer.

– Sem querer! Aqui, que foi sem querer! Se me descuido, me tomas o revólver! Sem querer! Te conheço, espertinho! Senta!

Me sento a custo. Apalpo o tórax, dolorido do pontapé: terá me quebrado uma costela? Parece que não.

Se aproxima, lívido, espuma nos cantos da boca:

– Olha aqui, seu filho de uma grã-puta, ouve bem o que vou te dizer: se não fosse por causa do milhão eu já teria te estourado o saco! Eu já teria te rebentado!

Sacode o revólver na minha cara.

– Mas da outra vez não te perdôo! Te despacho mesmo!

Agora é raiva que eu sinto, vontade de me atirar sobre ele, mesmo que me mate, mesmo que acabe comigo de vez. Me controlo a custo, me encolho contra a parede.

– Que é isto, agora? – ele, de pé.

– Vou dormir – respondo.

Fecho os olhos.

– Espera.

O que pretende agora?

– Eu também quero dormir. Mas não vou me descuidar, não! Com um espertinho como tu a gente não pode facilitar.

Me dou conta que estou desamarrado. Estendo os punhos:

– Amarra.

– Depois. Primeiro, tira a roupa.
– Quê?
– A roupa! Tira toda a roupa! Não ouviste?

Antes que eu possa me mexer já está em cima de mim, me arranca o casaco, a gravata, a camisa, as calças, rasgando tudo, deixando a roupa em tiras. Eu completamente nu, ele torna a me amarrar e se deita diante da porta, depois de soprar a vela.

– E não banca o espertinho! – grita ainda.

Deito-me, procuro conciliar o sono. Inútil: tremo, de frio, por mais que me encolha. A terra, úmida, parece fervilhar: bichinhos procuram o calor do meu corpo. Torno a sentar. Enlaço os joelhos com os punhos amarrados, encolho-me como um feto.

Chora, o Felipe, o pequeno Felipe. Chama baixinho pela mãe, pelo pai. Chora de medo do bandido, chora de saudades da mulher, do filho, dos amigos. Chora de saudades de sua cama quente, de sua poltrona confortável, do pijama de seda, da TV colorida, da música FM, das revistas coloridas. Chora de medo dos bichos peludos, do frio e do escuro.

Mas – onde é que andavas, Ramão? Tu e teus irmãos, em 1957?

Sim: vocês chegando a Porto Alegre, às duas da manhã. O ônibus terá estragado à altura de Gravetos. Sempre estragava.

Vocês desembarcam e saem caminhando pelas ruas desertas, carregando as malas. De papelão, rasgadas e amarradas com barbante, as malas contêm todas as posses de vocês. Vocês as seguram bem enquanto caminham, sem saber aonde ir, por ruas vazias que ecoam com os passos de vocês.

Vocês cansam de andar, vocês sentam no cordão da calçada, vocês se perguntam baixinho, o que é que viemos fazer aqui? vocês não sabem o que responder. Vocês estão assustados. Sentados, um bem junto ao outro, vocês não querem dormir: podem roubar as malas, os ladrões. A cidade está cheia de ladrões.

Tu, Ramão, balanças o tronco para diante e para trás, segurando o ventre e gemendo de dor, de cólicas. Os irmãos não sabem o que fazer. Calma, dizem, isto não é nada, já vai passar. Não passa, mas lá pelas tantas, exausto, cochilas. Num pequeno sonho vês este médico que, de terno azul, maleta na mão, chega para te examinar. Colocando sua mão em teu ventre, diz o médico que estivera dormindo; estivera dormindo bem; mas então, num sonho, vira alguém sentado numa calçada, gemendo. Vestira-se, saíra ao encontro do enfermo. De súbito – antes que possa dizer o diagnóstico – acorda e vê que estivera sonhando; tu acordas e vês que estavas sonhando. Tu somes do sonho dele, ele some do teu, vocês que eram três agora são um só. Um e seus dois irmãos.

E já é manhã. Com o sol vocês se animam, começam a rir e a palestrar, apontando os altos edifícios. Vocês se levantam, se espreguiçam – olhados com curiosidade pelos porto-alegrenses que passam rumo ao trabalho. Vocês saem a caminhar pelo centro da cidade. Vocês se lavam no chafariz de uma praça, espadando água para todos os lados. Depois, vocês, como têm um dinheirinho, vocês entram num bar e tomam um bom café com leite, com pão e manteiga. Reanimados, vocês se põem a caminho: têm de encontrar alguém que lhes dê uma mãozinha nesta nova vida que recém-começa.

Quem?

Não há de ser a irmã louca do São Pedro. Esta precisa mais de vocês que vocês dela. Vocês pretendem visitá-la mais tarde. Agora vocês precisam encontrar alguém prestativo. Lembras o primo, o jogador de futebol; os irmãos acham boa a idéia. Perguntando daqui, perguntando dali, vocês chegam ao estádio (que grande! – vocês se maravilham). Ao porteiro vocês se identificam, orgulhosamente, como primos do jogador. Decepção: o mulato não joga mais, informa o porteiro, deu para beber, mora em maloca, numa vila popular não longe do estádio. Tinha de fazer uma cagada, vocês comentam, e seguem a pé para a vila. Nesta, há grande movimentação: as malocas estão sendo removidas, por ordem da Prefeitura. Passa por vocês um caminhão transportando uma casinhola de madeira. A família vai dentro: a mãe, triste, numa janela, as crianças noutra, e, na porta, o pai delas – o primo de vocês – rindo e dando adeus, tão bêbado que mal consegue ficar de pé. Outros caminhões seguem o primeiro. Vocês ficam sozinhos no enorme terreno baldio, em meio a latas enferrujadas, colchões rasgados e cães vadios.

Com tábuas, sacos e folhas de zinco vocês constroem uma cabana. Passam a noite praguejando, queixando-se do frio. Por fim, abraçados, adormecem.

Tu, Ramão, és o primeiro a acordar. Abres um olho inquieto; onde estou? Logo te situas – Porto

Alegre é a cidade, e a vida que começa é, ou deve ser, inteiramente nova. Suspiras. Examinas com curiosidade as tábuas da cabana, por cujas rachaduras começa a se filtrar o sol. Tábuas lisas, mudas, estas da cidade. Não anunciam sardinhas, nem salsichas, nem *manzanas*. Estas coisas terás de procurar por ti. Acordas teus irmãos. É preciso achar trabalho.

Vocês resolvem se separar. Teus irmãos irão para o bairro; tu, para o centro. Vocês tornarão a se encontrar no fim da tarde. Com boas notícias, esperam.

És jovem e tímido, e não conheces a cidade. Mesmo assim, perguntando a um e a outro, acabas por chegar ao centro. Apalermado: nunca viste tanta gente, tanto movimento. Quanto carro! Que edifícios altos! As vitrinas te deslumbram: que abundância. Que variedade. Te atreves a entrar numa sapataria. Vem te atender um caixeiro de cara debochada. Perguntas o preço das botas de couro trabalhado. Te diz, ficas de boca aberta: nunca poderias imaginar que fossem tão caras. Enquanto as examinas, percebes que o caixeiro te aponta para um colega, os dois mal contendo o riso. Largas as botas no balcão, pegas a tua mala e sais, irritado. Em loja é que não vais trabalhar – para os caixeiros frescos debocharem de ti? Nunca.

Procuras os edifícios em construção; te apresentas aos mestres-de-obras; perguntas se precisam de ti. Não, de ti ninguém precisa; talvez no mês que vem, alvitram, mas ao ouvires esta resposta pela oitava vez te bate o desespero: será que não há serviço para um rapaz disposto, nesta cidade?

Te falam de certa repartição: lá, dizem, eles sabem onde há trabalho.

Funciona numa casa velha, a tal repartição, numa rua tranqüila, pouco afastada do centro. Passas por uma porta de madeira carcomida, sobes alguns degraus, chegas a uma sala de espera, mal iluminada. Há uma mesa e três cadeiras. Te sentas e ficas olhando os velhos cartazes que pendem das paredes mofadas.

– O senhor?

Estremeces, te voltas. É uma mulher, grande e gorda, bem vestida; acabou de entrar por uma porta lateral, te examina através dos óculos de lentes grossas.

– O senhor, o que deseja?

Eu queria um emprego, respondes, te levantando; cheguei ontem do interior, preciso trabalhar – Te aproximas; tão ansioso, que ela recua um passo. Te convida a passar a outra sala, menor e mais alegre, com cromos nas paredes e prateleiras cheias de bonequinhos. Sou a assistente social, diz, sentando-se à mesa. Ficas de pé, olhando-a extrair formulários das gavetas.

É poderosa, esta senhora, hem, Ramão? Pesa fácil-fácil uns oitenta quilos. Te carregaria sem esforço nos braços robustos, magro e fraco e adoentado que estás. Não seria o caso de desmaiar para ver? Ela talvez te levasse para casa, talvez te desse comida e roupa... e uma cama...

Te interroga, toma notas. Consulta fichas. Termina por te oferecer um emprego – de pega-cachorros. Nunca tinhas ouvido falar de tal profissão; não imaginavas que os cachorros precisassem ser caçados.

A assistente social ri, diz que os cães são perigosos, podem transmitir doenças, pagam a quem capturá-los. Não estás em condições de duvidar. Aceitas, pedindo um adiantamento: desde o dia anterior não comes nada. A assistente social ri de novo, diz que nunca ouviu esta de adiantamento; te escreve um endereço num papel e manda que procures o capataz. Ainda tentas palestrar um pouco, mas ela se levanta, dizendo que não tem tempo, te conduz para a porta, te deseja felicidades.

Na rua, desconcertado... Mas pelo menos o emprego já conseguiste. Empreendes a marcha assobiando. É hora de voltar para a vila.

Mas – o sol poente coruscando nos janelões, as buzinas soando estridentes, e os gritos dos vendedores, e os anúncios coloridos, e os rostos pintados das mulheres – de repente estás tonto. Como é que se volta para a vila? Caminhas desnorteado pelo centro da cidade. Interrogas os porto-alegrenses. Estranham tua pergunta: vila? Que vila? Há muitas vilas. É a vila de onde tiraram as casas, explicas, mas isto não ajuda muito. Alguns, na Voluntários e na Praça Parobé, ouviram falar do assunto, mas ninguém sabe nada ao certo, nem mesmo o engraxate da Praça Quinze que se gaba de conhecer todos os bairros de Porto Alegre. Entras em lojas, em bares. As testas se franzem, suspeitosas. De que está falando, esse cara? Não sabem de nada, nem querem saber.

Aí, um golpe de sorte. Achas dinheiro: uma velha nota, na sarjeta. Que rabo! – gritas, entusiasmado. Se voltam, alguns riem. Não te importas, já tens como voltar à vila. Te ocorre uma idéia: embarcas num táxi que espera no ponto, a porta aberta. (A cara de teus irmãos ao te ver chegar de carro!)

Para onde?, pergunta o motorista. Um homem forte, de bigode, usando uma bela camisa de galões. Não respondes logo, porque ficas a admirá-lo. Para onde?, torna a perguntar o homem; o tom é autoritário como se fosse ele, e não tu, que tivesse o dinheiro. Mas tem dinheiro: a caixa de charutos a seu lado está cheia de notas. Nunca pensaste que um motorista pudesse ganhar tanto.

Para onde? – O homem está impaciente. Para a vila, dizes, e ele: vila? Que vila? Tem muita vila por aí, ô meu. Te irritas: até quando vais ter de aturar esta gente da cidade gozando contigo, te xingando? Agora, chega. Agora estás com o dinheiro, quem manda é tu.

– Faz o seguinte – dizes, engrolando um pouco as palavras – passa em todas as vilas, certo?

O chofer se volta para ti, o braço sobre o espaldar do banco, o bíceps avultando (músculo de cara bem-nutrido – muita carne há de ter mastigado com os dentes de ouro que brilham sob o bigode). Fica te olhando, coçando o peito peludo. Sabes o que ele vê – um rapaz de fora, do interior, um grosso, de camisa desbotada, bombachas rasgadas e chinelo-de-dedo. Não inspiras nenhum respeito, Ramão. E fedes. As narinas do chofer se dilatam, certificam-se que o mau cheiro vem de ti, tornam a se contrair.

Pergunta se tens dinheiro para pagar a corrida. Dizes que sim, mostras a nota. Se põe a rir. E como ri! Ri alto, às gargalhadas, batendo com a enorme mão no encosto do banco, rindo e olhando para fora, procurando alguém a quem contar a história – não há ninguém. Ri sozinho.

Aos poucos o riso se extingue. Enxuga os olhos, diz que o dinheiro só dá para o ônibus. E olhe lá! – acrescenta, te empurrando para fora. – E olhe lá!

Confuso, desces do táxi e te enfias no primeiro ônibus que encontras. Apertado entre operários exaustos e mulheres barrigudas, vais até o fim da linha. É uma vila, mas tem casas, não removeram maloca alguma. Voltas para o centro, noite fechada. As lojas se esvaziam, empregados baixam as cortinas de aço. Perambulas por ruas desconhecidas, distantes da vila, distantes de Piraí. Na Praça da Matriz, cansado, sentas num banco. Apóias a cabeça no braço. Choras um pouco. Cochilas. Choras. Cochilando, chorando, a noite se passa, e assim completas teu primeiro dia na cidade.

O sol nascente te acorda, te encontra com nova disposição. Pulas do banco, te espreguiças; sorris para os transeuntes. Te ignoram, apressados como estão.

Certo! também tu tens pressa. Metes a mão no bolso, tiras o papel que a assistente social te deu; te pões a caminho, carregando a mala (não a roubaram – não são tão ruins assim, os habitantes da cidade).

Perguntando daqui e dali, chegas ao Canil Municipal. Te apresentas ao capataz, um homem grisalho, de óculos, muito empertigado em seu uniforme cáqui. Te examina de alto a baixo. Manda que te laves, no banheiro. Te lavas, te penteias e – já com outra cara –

recebes o uniforme e o laço. Um funcionário te estende uma caneca de café e um pedaço de pão. Devoras o pão, tomas o café a grandes goles. Alimentado, uniformizado, te sentes bem, alegre. Te tornas palrador, puxas conversa com os companheiros que, sonolentos, não te dão muita atenção. O capataz aparece, batendo palmas: está na hora de sair para o trabalho. Te indica um velho caminhão. Na carroçaria há uma espécie de grande gaiola de tela – para os cães. Te sentas ao lado do chofer:

– Vamos lá, chefe! Vamos para o batente!

Sorri, apenas, e arranca.

O caminhão percorre as ruas da cidade. O dia é bonito; nada mais te parece estranho, nem ameaçador. Abanas para as crianças e para as empregadas.

Surgem os cães, uma matilha deles, seguindo uma cadela, as línguas de fora. O chofer pára o caminhão: estão aí os bichos, o negócio agora é contigo.

Não te sais bem, na caça aos cachorros. Estás fraco, não agüentas a corrida. Os cachorros escapam de ti com a maior facilidade. Consegues laçar um policial que quase te leva de arrasto e acaba fugindo com o laço. Voltas para o caminhão, humilhado, o motorista debochando de ti: os cachorros é que te caçaram, rapaz! Tu sem laço, nada mais há a fazer. Voltam ao canil.

No dia seguinte, porém, as coisas começam a melhorar. O capataz (um homem bom, apesar da cara de brabo) te empresta algum dinheiro; o chofer diz que podes ficar morando nos fundos da casa dele, mediante um pequeno aluguel. Os irmãos, de momento tu os esqueces; precisas te concentrar no trabalho. Mais tarde, irás procurá-los. Primeiro, precisas mostrar ao pessoal quem é o Ramão de Piraí.

E mostras. Caças o teu cão.

Perto do Jardim Botânico, avistas um vira-latas preto e branco. Pára o caminhão, pedes ao motorista. Desces. O cachorro, adivinhando as intenções, mostra os dentes, rosna – mas foge, quando te aproximas. Corres atrás dele, entre as árvores. Pequeno e ágil, o cachorro esquiva-se de ti com a maior facilidade, tu já ofegante. De longe, ouves as risadas do chofer. O cão, parado, te olha.

Isto é demais, resmungas. Isto agora é demais. Atiras o laço para um lado, apanhas uma pedra. De bom peso, de bom formato, é como as pedras de Piraí, as pedras com que costumavas derrubar ninhos de joão-de-barro. Miras o cão, levantas o braço – foge, o bandido – atiras a pedra: toma, desgraçado!

Errarias o alvo – o cachorro corre em ziguezague – se, ao se desviar de uma árvore, ele não pulasse justo de encontro à pedra. Chocam-se no ar, pedra e cão, e tombam – pedra para a direita, cão para a esquerda.

Corres até lá. O cachorro não está morto; a cabeça ensangüentada, gane baixinho. Tu o pegas pelo cachaço e o levas, triunfante, ao caminhão.

– Viste? – gritas para o chofer. – Viste quem é o Ramão?

Mas o chofer não quer conversa. Enfurecido, te chamando de covarde, manda que laves a cabeça do cachorro. Nunca mais me faz uma coisa destas, diz, aborrecido. Lá na Faculdade de Medicina eles querem o bicho inteiro, ouviste? Inteiro! Anda, vai lavar o cachorro!

Esta briga resolves comprar. Não lavo o bicho coisa nenhuma, dizes. E tem mais – acrescentas – caço os cachorros do meu jeito. E quem não gostar vai ter de se ver comigo.

O chofer não responde. Mais tarde, no canil, conta o ocorrido ao capataz, que manda te chamar e te despede na hora.

Amaldiçoando o chofer, voltas à vila (agora já sabes onde fica). Encontras teus irmãos, mas não a maloca, que o caminhão da Prefeitura levou. Os manos, porém, estão contentes; arranjaram emprego, como lavadores de vidraças em edifícios. E tu vais também, dizem, chega de caçar cachorro.

E já é noite. Vocês se deitam. É a última vez, esperam, que dormem ao relento.

De madrugada te dá dor de barriga. É do frio, dizem os irmãos. Vocês se aconchegam melhor, tentando se aquecer.

Não consegues dormir. Em que pensas? Na dor; e no motorista que te mandou descer do táxi. Se tivesses um carro, Ramão, não dormirias ao relento: terias ao menos a capota sobre tua cabeça. Um carro, pensas, é uma segurança, uma garantia. Quem guia, manda: foi só o chofer de caminhão falar e o capataz te mandou embora.

Tens um plano. Por enquanto, lavarás janelas com teus irmãos; mais tarde aprenderás a dirigir. Trabalharás num táxi – primeiro num carro alheio e depois, quando tiveres dinheiro, em teu próprio carro. Ai! A dor. Por que não amanhece de uma vez?

No segundo ano, estudávamos fisiologia.

Aula prática. O instrutor abria um tanque onde centenas de rãs jaziam, letárgicas, entorpecidas pelo frio. Escolhia uma graúda, pegava-a pelas patas traseiras, e, com um golpe seco da cabeça contra a quina da mesa, matava-a. Extraíamos os músculos das patas. Presos à agulha do aparelho registrador contraíam-se cada vez que lhes aplicávamos choques elétricos. A rã estava morta. Seus músculos, não!

Estudávamos bioquímica, estudávamos microbiologia e parasitologia. Nos debruçávamos aos microscópios; sob nossos olhos maravilhados fervilhava um mundo. De minúsculas criaturas. Quanto aos vermes, estavam mortos, conservados em vidros de álcool; e os insetos, presos por alfinetes a tábuas revestidas de cortiça, também já não incomodavam mais ninguém.

Estava muito bem, tudo aquilo; mas, e os doentes? Assistíamos a aulas teóricas, praticávamos nos laboratórios, discutíamos política no Centro Acadêmico; mas sabíamos que a Medicina, a verdadeira Medicina estava mais além. No alto de uma antiga coxilha, num vetusto casarão de paredes grossas e sombrios corredores, acachapado sob o céu enevoado de Porto Alegre: a Santa Casa. Para ali acorriam doentes de todo o Rio Grande, das estâncias de Bagé e Alegrete, das barrancas do Uruguai, do litoral, da serra, vinham os enfermos: homens macilentos e barbudos, de botas, bombachas e lenços ao pescoço; mulheres magras e desdentadas, crianças barrigudas. A Irmandade os acolhia. Despiam as roupas, vestiam o pijama azul desbotado e deitavam nas camas de ferro das compridas enfermarias. Médicos e estudantes de medicina os examinavam; deixavam-se palpar e auscultar, o olhar vazio. Muitos ficavam hospitalizados anos; curados, se incorporavam à Casa, como serventes. Sempre conservavam algum resquício de seu tempo de doentes: uma certa palidez, um tique, uma vaga inquietude.

Jaime escreveu um conto. Senhora de alta sociedade fica presa, à noite, numa enfermaria. A princípio, apenas contratempo. Distrai-se lendo os prontuários. Também se faz considerações sobre os doentes. Ela nem sabe se são mesmo doentes ou meros vagabundos. Então, um paciente olha-a. "De repente a enfermaria adquiriu vida. Uma vida gulosa, voraz. De todos os cantos, olhos espreitavam-na, luzindo, dentes de ouro riam na escuridão, mãos faziam gestos maliciosos." Termina fugindo, apavorada, perdendo as luvas, os sapatos, as jóias. "Mas livre, enfim, enfim só."

Numa manhã de março de 1957, saí de minha casa, na Cidade Baixa, para ir à Santa Casa. Fui caminhando, porque estava muito excitado: era o meu primeiro dia de enfermaria.

Era cedo, resolvi ir pelo caminho mais longo, pelo Parque da Redenção. Estava silencioso, o Parque, àquela hora. O areião rangia sob meus pés. Parei um instante para olhar os dois búfalos em seu cercado.

Ruminavam, fios grossos de baba pendendo dos focinhos. Sentado à borda do chafariz, um homem, calças arregaçadas, lavava os pés. Seriam sete e meia. Eu me sentia bem.

Cheguei ao hospital. Mais uma vez me impressionou o maciço daquela construção, o sombrio dos compridos corredores assoalhados com largas tábuas. Eu caminhava, caminhava. Eu passava por outros estudantes, eu passava por freiras, eu passava por imagens de santos, lançando-lhes apenas um olhar de relance: naquele tempo eu já estava pensando pouco em Deus. Eu caminhava a passos firmes – um rapaz de bom aspecto, decentemente vestido (terno azul-marinho, gravata sóbria e sapatos pretos bem engraxados), dando a todos a impressão de limpeza. E de seriedade: graças à testa ampla, aos óculos, às grossas sobrancelhas, ao olhar firme. Graças aos lábios um pouco caídos nos cantos da boca, a sugerir um moderado grau de depressão – embora eu fosse até espirituoso, à época. E graças, finalmente, a portar, na mão direita, uma maleta de médico.

Eu passava por doentes. Dezenas: sentados em bancos, encostados às paredes, parados no meio do corredor. Eu ia pedindo licença, eu ia abrindo caminho, aquilo de passar entre tantos doentes, e pobres, já estava até me dando falta da ar, eu queria chegar à enfermaria de uma vez, eu queria encontrar os colegas – gente jovem, risonha, bem-nutrida. Mas que nada, a massa de doentes aumentava cada vez mais.

Encontrei o Aladino. Oba, Aladino! – agarrei-me a ele como a um salva-vidas. Ele, sorrindo: foi bom eu te encontrar, Felipe, tenho um presente para ti, ia te entregar hoje à noite. Abriu a pasta de amostras-grátis, tirou um estojo de couro preto. Continha um estetoscópio, com meu nome gravado no pavilhão. Usa com proveito, doutor – ele disse. Doutor! Fiquei comovido: era a primeira vez que alguém me chamava de doutor. Não precisava se incomodar, Aladino – eu disse, e ele: ora, que é isso, o amigo merece muito mais, o amigo tem um grande futuro.

Os colegas vinham chegando. Aladino despediu-se e desapareceu entre os doentes.

O instrutor apareceu na porta da enfermaria. Fez a chamada e nos mandou entrar.

Um grande salão. Teto alto, janelas antigas. De um lado e de outro, enfileiradas, as camas; sobre elas, imersos na difusa claridade amarelada, destilada de velhos globos de luz – os doentes.

O instrutor, um médico ainda jovem, de cabeça grande e óculos de lentes grossas, chamava-se Clóvis, mas o apelido, já nos haviam dito, era Silvana. Dirigiu-se a nós, esfregando as mãos:

– E daí, meus? Preparados?

Mostrou o vestiário:

– Antes de mais nada, todo mundo de avental.

Tirei o avental da maleta, vesti-o. Com cuidado: estava bem engomado. Dona Maria cuidava da aparência do filho único, estudante de medicina. Botei no bolso o amuleto do feiticeiro da Calábria, a mão com o olho.

– Que é isto? – perguntou Jurandir, que me observava.

– Um chaveiro. – Eu, seco.

– Chaveiro? – Riu. – Chaveiro desse tamanho? Tu és esquisito mesmo, Felipe.

Sou esquisito, e daí, eu ia dizer, mas então o Doutor Silvana meteu a cabeça oblonga, meio calva, pela porta do vestiário:

– E então? É para hoje?

Nos reuniu a um canto da enfermaria. Distribuiu os leitos. O que me tocava ficava na sala de mulheres – e estava vazio. Tiveste azar, disse o instrutor. Jurandir ria.

No escuro, resmunga. Tateia sobre o caixote: cadê a merda dessa caixa de fósforos? Depois de várias tentativas consegue acender a vela. Me olha, ameaçador:

– Que foi, meu? Que gemidos são esses?

Não respondo. Aproxima a vela da minha cara.

– Mas está chorando o homenzinho! – Incrédulo: – Chorando, um marmanjo destes! Um doutor! Esta é boa: doutor chorando!

Ri que se fina. Rola no chão de tanto rir. Me aponta – o doutorzinho chorando! – e dá risada.

Ocorre-lhe uma idéia. Enxuga os olhos úmidos:

– Espera aí. Já sei como te acalmar.

Tira do embrulho o cavalinho.

– Pega. Brinca.

Estendo as mãos amarradas, pego o brinquedo com os dedos entorpecidos de frio.

– Brinca!

Não consigo. Os dedos não me obedecem.

Levanta-se:

– Ah, não queres brincar? Já vais ver quem manda aqui.

Empunha o revólver, aproxima-se:

– Brinca!

Enfia o cano na minha boca.

A custo faço o cavalinho se mexer.

– Mais. Faz ele deitar.

Tento algumas vezes sem êxito, ele empurrando o cano da arma contra os meus dentes, machucando-me os lábios. Desesperado, aperto com o resto das minhas forças a peça do pedestal: o cavalinho tomba.

– Isto! – Triunfa, ele. – E agora trata de dormir. Não me incomoda mais.

Torna a se deitar, olha-me ainda uma vez e sopra a vela. Passo a língua nos lábios feridos, me encolho, trêmulo. Sinto-me como uma grande larva extraída à força de seu casulo, como um cão sarnento na chuva. Sinto-me doente, doente.

Três dias depois, eu chegando à enfermaria, a freira veio ao meu encontro. Tem uma paciente no seu leito, disse. Veio do São Pedro.

Corri à sala de mulheres, e ali estava ela, a paciente.

Eu nunca, mas nunca mesmo, tinha visto uma criatura tão doente. De cima para baixo, nesta ordem: cabelos secos e emaranhados; rosto amarelo, terroso; pálpebras inchadas, nariz afilado, lábios gretados. Os braços, caniços. No peito chato, as mamas secas, amassadas. As pernas inchadas – mas antes das pernas, dominando tudo, visível de qualquer ponto da enfermaria e até dos edifícios vizinhos – o ventre, enorme, tenso a ponto de o umbigo estar evertido.

– Que mar de líquido tem nesta barriga, hein, Felipe?

Era o Doutor Silvana, piscando os olhinhos. Examinou a paciente, examinou-a bem. Era um bom médico, experiente, mas ficou com dúvidas. Chamou outros instrutores. Discutiu-se o caso. Divergiu-se quanto ao diagnóstico, mas concordou-se em que o prognóstico era grave, e que era preciso agir ligeiro. Encarreguei-me de solicitar os exames.

Tem coisa nesse ventre, disse o Doutor Silvana. Não vai ser fácil fazer o diagnóstico. Mas conto contigo, Felipe. Te dedica ao caso.

Dediquei-me ao caso. Todos os dias examinava a paciente. Colocava o estetoscópio sobre as costelas salientes. De um lado dos tubos de borracha, o tórax: roncos, sibilos. Do outro, eu, tentando entender. Roncos e sibilos – o que queriam me dizer aqueles pulmões? E aquele coração, com seus rápidos batimentos?

Nos reuníamos na biblioteca para estudar o caso. Zé Gomes traduzia artigos das revistas americanas, pensava em diagnósticos elaborados. Jaime se inclinava para a simples desnutrição, queria ver na doença implicações sociais. Por mim eu abria, dizia Jurandir. E o baço, eu perguntava, o que é que vocês me dizem do baço? Ninguém dizia nada.

O que vai ser de mim?, eu gemia, balançando o corpo para frente e para trás. O que vai ser de mim?, desesperado.

De repente ele também começou a gemer. Seu sono tornou-se agitado: mexia-se, murmurava coisas, nomes. Calei-me, imóvel – e subitamente esperançado.

A paciente piorava sempre. Lúcida, nunca esteve. Às vezes dizia coisas, palavras ininteligíveis. O que dizia? Com quem falava? Tudo eu anotava no prontuário. O Doutor Silvana revisava minhas observações, reclamava contra a demora dos exames, irritava-se: desse jeito, nunca faremos o diagnóstico. Ela vai morrer.

De fato, entrou em agonia. Não arreda o pé da enfermaria, ele disse, e me avisa de qualquer coisa.

Respira mal, a pobre, estertora. O pulso é fino, imperceptível. Os olhos estão vidrados, a testa coberta de suor.

São cinco da tarde, não há médicos na enfermaria, nem estudantes. Só eu e a freira. O que é que eu faço, Irmã? – pergunto, aterrado. Fala com o Doutor Clóvis, me aconselha.

Corro para o telefone. Mal consigo discar. Atende o Silvana e eu, gaguejando: ela está morrendo, Silvana, não sei o que faço. Instala um soro, me diz, vou já para aí. Eu: soro? Qual soro? Quanto de soro? Começa a me explicar, mas então a freira me faz um sinal. Morreu, sussurra.

Morreu, sussurrou também, ao telefone.

Paciência, ele diz, o negócio agora é fazer a necropsia, pelo menos a gente descobre o que havia naquela barriga. Consegue autorização dos familiares, manda o corpo para o necrotério da Anatomia Patológica. Mas, Silvana... – balbucio. Amanhã a gente fala, ele diz, e desliga.

Coloco o fone no gancho, volto-me para a freira. Tem algum familiar aí?, pergunto. Um irmão, ela diz. Apareceu agora mesmo.

Voltemos a ti, Ramão.

Tu e teus irmãos saem de manhã bem cedo para lavar vidraças. Vocês vão de macacão azul, gracejando, rindo. No serviço vocês não brincam. Trabalham bem, e depressa. Se ajudam: um querendo o balde, o outro logo alcança, sem discutir muito.

O jovem Ramão gosta de lavar os vidros das grandes janelas dos hospitais. Enquanto isto, espreita os médicos que conversam lá dentro. Tanto médico bom, terá pensado Ramão, olhando pela janela do auditório. Bem que gostaria de pular para dentro e se colocar na frente dos doutores. Senhores médicos, sinto uma dor aqui. Senhores médicos, o que será isto?

Vocês terminam o trabalho no último andar. Aí vem a melhor parte do trabalho: vocês descem pelo elevador de serviço, contando piadas para a ascensorista. Muito ajeitadinha, a ascensorista. Brejeira. E dá trela. Para teus irmãos, isto é.

É então que acontece aquele caso, Ramão, cuja

lembrança até hoje te enfurece. Como é que foi, mesmo?

Ah, sim. Vocês descendo, o elevador pára, as luzes se apagam. O que é que houve?, perguntas, assustado. (Não estás muito acostumado com elevadores. Teus irmãos, sim. Tu, não.) Acho que estragou, diz a ascensorista, o jeito é esperar. Ficam ali, vocês quatro, no escuro. A princípio conversam. Depois se calam.

Então começa um movimento, ali na escuridão!... Gemidos, suspiros. Quem geme? Quem suspira? Ramão não é. Ramão está quieto, garante por si: ele não é. E um dos irmãos; ou a ascensorista; ou um irmão e a ascensorista; ou os dois irmãos e a ascensorista. Seja quem for, Ramão é que não é, Ramão está por fora. E o que fazem? – se pergunta, intrigado. Lhe ocorre: estão fazendo sacanagem. Ri. Aí, hem, mano? – diz, a meia voz.

Ninguém responde. Tenta avançar, um cotovelo empurra-o para trás. Se irrita: também quero, manos! – reclama, alto.

Nada. Não lhe dão bola. Recua para o fundo do elevador e ali fica, emburrado, tramando represálias.

E então uma mão o enlaça pela nuca. Uma mão quente, macia. Ri, nervoso. A mão desliza-lhe pelo ventre, se introduz entre as pernas. Trêmulo, excitado, ele despe o macacão, tropeça, quase cai – puxa, que confusão, murmura.

A luz se acende, a porta do elevador se abre. Diante deles, os médicos, uma dúzia ou mais, todos de avental branco. E o Ramão nu. Que é isto, rapaz? – pergunta um. O que é isto? E o que pode Ramão responder? *Uma dor* – apontando a barriga? Pega o macacão e corre, em busca de um canto para se esconder. Aqui, grita-lhe o servente, indicando um depósito. Veste-se e sai do hospital. É claro que não precisa voltar mais.

Não passa de um amador em seqüestros, vê-se. Conservou-me a seu lado durante toda a viagem. Se eu fosse treinado em caratê, não poderia me atirar a ele, não poderia lhe partir o pescoço a cuteladas? Mesmo com as mãos amarradas não é impossível. Por que não me colocou na mala do carro, uma mala de Galáxie, enorme? Porque é amador, claro.

Agora está dormindo, e até ronca. Eu poderia deslizar pelo chão, eu poderia, tateando, encontrar a peixeira, eu poderia cortar as cordas. Eu poderia decapitá-lo. Não faço isto porque – Não sei. Não sei por quê. Por medo? Por repugnância?

(A cabeça cortada do cadáver. Caiu da mesa, na sala da Anatomia, rolou pelo chão, aos saltos, por causa do nariz. Levantei-a, com as mãos enluvadas. Cabeça de homem. Cabelos ralos. Pele escura, curtida pelo formol. Olhos semicerrados. No pescoço, os orifícios da traquéia, esôfago, carótidas, jugulares.)

E como pretendes receber o dinheiro, seqüestrador? De que maneira vais aplicá-lo? Crês que tua riqueza súbita não chamará a atenção? ou pretendes fugir para o estrangeiro? E que línguas falas? Inglês certamente não. Quanto ao espanhol – achas que *manzana* é suficiente? Imaginas que dizendo *manzana* poderás tomar um quarto num hotel, fazer operações de câmbio, cantar uma mulher? Nunca. Dizendo *manzana*, amigo, o máximo que poderás conseguir são maçãs. Estás disposto a te alimentar de maçãs pelo resto dos teus dias? Não passas de um amador, meu caro.

Com os manos não dá para trabalhar, conclui Ramão, aborrecido; são muito sacanas; daqui por diante é cada um por si.

Arranja um emprego numa fábrica de conservas. No início, carrega caixotes. Mas gosta mesmo é da empilhadeira. Aprende a manejá-la e um dia, faltando o encarregado, pede licença ao capataz e senta-se à máquina. Deixa todo o mundo surpreso: manobra-a à perfeição. Eu sou o Ramão, grita para os companheiros, o que não erra a mão. O capataz, entusiasmado, confia-lhe a empilhadeira. É o começo de uma nova vida.

De madrugada salta da cama antes mesmo que o despertador toque. O corpo, ainda quente, recebe o impacto do ar frio da manhã. O espirro que se segue é benéfico, porque livra o organismo dos venenos da noite – os pesadelos, e outros. Assoa o nariz com a camiseta, examina a secreção: clara como cristal. Satisfeito, completa o trabalho do espirro espreguiçando-se, distendendo os músculos ainda encolhidos, preparando-os para as tarefas do dia. Às vezes lhe dá um certo desânimo; fica sentado na cama, de olho parado, mascando os viscos da noite. Mas não pode muito tempo: reage, põe-se de pé – upa! – canta alto, a chimarrita, a rancheira de carreirinha. Vai ao banheiro, verte um bom volume de urina limpinha.

Volta para o quarto, barbeia-se, lava-se com água gelada da bacia. Sacode a cabeleira encharcada, esparge água para todo o lado, como um vira-latas molhado: brrrr... Enxuga-se, penteia-se, veste-se. Toma um café bem reforçado, conversando com a dona da pensão, uma velha porto-alegrense a quem transformou em confidente. Fala de seus planos: não está ganhando mal, mas ainda é empregado, vai para o trabalho de ônibus, levando uma marmita. Pretende um dia ser independente, dono de seu nariz, ter o seu próprio carro.

Trabalha com diligência, manejando com perícia a empilhadeira. Também já está dirigindo o caminhão da firma, só lhe falta a carteira de habilitação, mas isto é coisa de menos. Ao meio-dia, animado e faminto, corre para a marmita. Que abundância! Arroz, feijão, carne, aipim, massa – a dona da casa cuida bem dele, fornece-lhe a boa comida que é combustível para a sua máquina. Come rápido; a marmita vazia, fica um instante imóvel e produz um arroto lento e volumoso que sobe como um balão para o céu azul.

Dor, nada. Nenhuma dor.

Ataques de soluços, às vezes. Ri, pede aos companheiros que lhe dêem um susto. Tua casa queimou, gritam – mas ele não tem casa. Tua mãe morreu! Já faz tempo, responde. Tua mulher foi atropelada! Não sou casado, diz, não sem melancolia; fica de olho redondo, pensando no assunto. O soluço passa por si.

Às vezes, no meio da tarde, peida; sorri, não conta a ninguém, vai trabalhando. A fábrica produz muito, ele na empilhadeira está cada vez melhor. Os diretores estão muito satisfeitos.

Um dia, é chamado ao escritório.

Assusta-se, lembrando o caso com Afonso. Mas está de consciência tranqüila, é um bom operário, não cometeu nenhuma falta. Vai sem medo.

Aguarda tempo na sala de espera. De súbito lhe dá vontade de ir ao banheiro. Sente que não terá tempo de voltar à fábrica, do outro lado da rua. Levanta-se, enfia-se por um corredor, entra no primeiro banheiro que encontra. Um lindo banheiro: azulejos coloridos, metais cromados, louças cor-de-rosa. Senta no vaso e aí fica, contente por ter saído de Piraí, contente pela opulência do recinto. Limpa-se com o papel – suave, macio, com desenhos de flores – guarda um pedaço para mostrar à dona da pensão. Ao sair, dá de cara com o diretor; recua, amedrontado, mas o homem lhe estende os braços: quer cumprimentar o melhor funcionário da firma, quer convidá-lo para o churrasco do Primeiro de Maio. Que alegria! Um susto, e logo depois uma alegria!

Tem pé-de-atleta. Mas não se incomoda. Nem sequer usa os remédios que o médico da firma prescreveu. Porque a verdade é que gosta de se coçar. Quando termina o serviço tira a botina e a meia e se coça, a princípio rápido e forte, para tirar o grosso da cócega, depois devagar e de leve: é a fase mais refinada do prazer. A mão se transforma num cavalinho de ágeis patas, e cascos afilados, que galopa sobre a planta do pé, sem sair do lugar e arrancando do terreno minúsculas escamas que a brisa leva.

Entretanto, medita. O olho parado, pensa no futuro, faz planos.

Trabalhando, coçando, dormindo, fazendo planos – a semana passa.

Aos domingos passeia de táxi. Manda o motorista seguir para um bairro distante, para uma vila. Durante a viagem vai fazendo perguntas: dá bom lucro, um carro na praça? Estraga muito? Está resolvido a entrar no negócio – com seu próprio carro, não como empregado. É jovem, pode trabalhar bastante, juntar dinheiro... Estas reflexões lhe custam caro: quando se dá conta, já o taxímetro marca uma boa soma. Manda parar, paga – e tem de voltar de ônibus.

Quer casar. Uma conterrânea já lhe disse que sabe onde encontrar a morena de Curumins. Mais cedo ou mais tarde irá procurá-la.

Quanto aos manos, não quer mais nada com eles, são uns sacanas. Mas pensa muito na irmã louca, sonha com ela. E um dia, passando de caminhão pelo São Pedro, resolve entrar.

Na portaria lhe informam que ela já não está no hospital; foi transferida para a Santa Casa. Tomado de um súbito pressentimento corre para o caminhão, dirige a toda para a Santa Casa. Quando chega à enfermaria, lhe diz a freira que a coitada acabou de falecer.

Fale com ele, Irmã – diz Felipe. Peça autorização para a necropsia. Diga que é importante, que a moça pode ter morrido de uma doença contagiosa, de uma doença de família.

Volta ao telefone. A Patológica, sempre ocupado. A freira retorna: ele não quer autorizar a necropsia, diz que ninguém vai mexer no corpo da irmã. Que ela nunca teve essas doenças que o senhor falou, que nem morava com a família. Quer enterrá-la em Piraí, perto do túmulo da mãe. Diz que Piraí é longe.

Felipe olha o relógio. São sete horas: a Patológica já deve estar fechada. Liga para o instrutor.

– Não deu para conseguir a necropsia, Silvana.

Não és de nada mesmo, responde, azedo, o instrutor. Me diz, o que é que aprendemos com este caso? Nada. Por tua causa, não se aprendeu nada.

Felipe desliga. E então? – pergunta a freira. Então o quê? – Felipe, arrasado. O atestado de óbito, diz a freira. Ele que passe amanhã, resmunga Felipe, eu não posso dar atestado, sou estudante.

Ainda de avental, sai, atravessa a rua, entra num bar. Pede um sanduíche e uma cerveja. Mas não tem fome. O Doutor Silvana tem razão: não é de nada, mesmo. É um Doutor Miragem.

Volta ao hospital. Passa pelo necrotério. O corpo, coberto por um lençol, está lá, num tosco esquife de pinho. O ventre avulta, maior do que nunca.

Não há ninguém por perto. Nem o irmão nem ninguém. Felipe corre à enfermaria, procura bisturi e material de sutura. Entra na morgue, fecha a porta a chave.

Puxa o lençol. Ali está a morta, com seu enorme ventre. É ali que está a coisa; ali, no ventre.

Toma o corpo nos braços, transporta-o com esforço para uma mesa de pedra. Ofegante, pega o bisturi. Faz uma incisão no ventre. O líquido jorra, uma cascata, molha-lhe a calça, os sapatos, ele não se importa, alarga a incisão, quer muito campo. Vê-se envolvido numa confusão de vísceras. Os intestinos teimam em saltar da cavidade, mas quem pediu? Quem quer intestinos? Intestinos nada têm a ver com a história, os exames provaram. Intestinos devem ficar de lado. Quietos.

Rechaçados os intestinos, Felipe vai em busca dos órgãos que interessam. Corta um fragmento do fígado, outro do rim, guarda-os num frasco com formol. Pronto. Acomoda os intestinos no lugar. Pronto. Sutura a incisão – pronto – transporta o corpo de volta ao caixão, sobre uma banqueta – pronto – cobre-o com o lençol – pronto, pronto. Olha ao redor. Apenas o líquido no piso, mas já secando, e uma mancha no lençol. O resto em ordem. Apaga a luz e sai.

Na enfermaria, ao tirar o avental, se dá conta que não tem mais no bolso o amuleto do feiticeiro da Calábria. Caiu-lhe do bolso. Na morgue, é claro. No caixão, talvez.

Volta ao necrotério. No corredor, se detém: há alguém à porta. O irmão, decerto.

Azar, resmunga Felipe, recuando. Quem era o feiticeiro da Calábria, afinal? Um farsante. Amuleto: besteira. O pai terá de entender. Exausto, vai para casa. Quer dormir, dormir.

Sono agitado, o do seqüestrador. Ora ronca, ora

geme. E agora seus gemidos se misturam ao canto dos galos. Daqui a pouco estará amanhecendo.

Foi no segundo semestre daquele ano que Felipe conheceu a morena de Curumins.

Estava parado num corredor da Santa Casa, quando surgiu a bela criatura, perguntando por determinada enfermaria. Bem-feita de corpo, bem vestida, de bolsa. Felipe, rindo, lhe perguntou se vinha baixar. Ela respondeu – rindo – que não, que só queria notícias de um parente; o negócio dela não era baixar, o negócio dela era outro. E qual é o teu negócio?, perguntou Felipe. Ela murmurou um endereço e disse, piscando o olho: daqui a uma hora, estou lá, aparece.

Felipe foi ao vestiário, tirou o avental e saiu, dizendo ao suspeitoso Doutor Silvana que ia visitar uma tia doente.

O endereço era o de uma pensão no centro. Felipe subiu uma velha escada de madeira, deu com um corredor mal iluminado e várias portas. Uma se abriu: a morena de Curumins já o esperava, de negligê preto. Entrou. Ela ofereceu vermute. Brindaram e foram para a cama. A Felipe, a morena não decepcionou; correspondeu-lhe duas vezes. Ficaram deitados, ela espiando-o pelo rabo dos olhos, sorrindo.

A morena disse que era de Curumins e que lá, numa madrugada, caíra na vida. A mãe a enviara ao Instituto para guardar lugar na fila. Chegara muito cedo; só estava ali o velho das botas, que a atraíra para a barraca, a pretexto de oferecer-lhe salame, queijo.

Quando a mãe chegou ela já não era mais virgem. E a fila estava enorme.

– Acho que é por causa disto que eu gosto de doutores, concluiu a morena. – Vivo em hospitais, na Santa Casa: É lá que eu pego meus clientes. Claro, nem todos são médicos. Também topo estudantes, enfermeiros.

Levantou-se, foi ao banheiro.

Sobre a mesa-de-cabeceira, havia uma carta. Felipe apanhou-a, leu: "Querida Morena..." Não terminou: ela já voltava.

– Me diz, bem, o que são estes carocinhos?

Mostrava o púbis. Felipe olhou as lesões: não tinha a menor idéia do que fosse aquilo. Bota mercúrio, disse. Ela estranhou: só mercúrio? Ele se irritou: É, só mercúrio. Sabes de um remédio melhor? Se sabes, por que perguntas?

Ela riu: vem cá, meu doutorzinho, não fica brabo. Abraçou-o. Deitaram mais uma vez. E quando Felipe, já vestido, perguntou quanto era, ela respondeu que nada, que o doutorzinho já tinha pago com a consulta. Boa e gentil morena de Curumins! Uma mãe irascível expulsara-a de casa. Cedo desterrada para Porto Alegre, não abrigava, contudo, rancor no coração: sabia ser carinhosa na cama, a morena de Curumins.

Mas dias depois, quando lhe aparecem as lesões no púbis, fica revoltado. Aquela vagabunda, pensa, me passou uma doença!

Apavora-se. Corre para as amostras-grátis de remédios que Aladino lhe deu. O caso só pode ser para antibióticos, e ele toma dos mais potentes, nas maiores doses.

Não melhora. Resolve consultar o Doutor Silvana. Aborda-o na enfermaria, fala, a meia voz, das lesões. Vem cá, diz o Doutor Silvana, vamos ver isto.

Leva-o para um anfiteatro vazio, manda que Felipe tire a roupa. Examina-o. Interessante, murmura. Chama outros instrutores. Atraídos pelo movimento, os estudantes acorrem. Felipe se vê rodeado de uma pequena multidão. Todos querem ver as lesões, apalpá-las. Alguém quer projetar diapositivos de um caso semelhante, as luzes se apagam e, no escuro, as roupas de Felipe desaparecem (Jurandir?). Conseguem-lhe um pijama de doente, uma capa de chuva, e é desta maneira que ele volta para casa, o Felipe, amaldiçoando a morena de Curumins.

Hora estranha, esta, que não é noite, nem manhã. Piar de aves, zunir de insetos, coaxar de sapos, sussurro do vento entre as árvores... A porta se abre, lenta, com um rangido de dobradiças enferrujadas. Um bater de asas assustadas: uma coruja que passa. Lá fora, uma claridade difusa, acinzentada.

Vejo vultos? Vejo soldados saindo do mato, avançando pelo campo, rumo à casa?

Não. Mato, sim; campo, também. Soldados, não. Miragem.

Procuro gravar bem a miragem. Para depois. Para quando eu estiver no meu apartamento, nos Moinhos de Vento, com minha mulher, meu filho e meus amigos, contando: ah, vocês nem queiram saber o que foi aquela noite, até alucinações eu tive! Felizmente, tudo já passou.

Fiquei bom das lesões no púbis.

O tempo passou. Tive muitos outros leitos, com muitos outros pacientes. Vi muita coisa, muito coração doente, muita radiografia. Aprendi o eletrocardiograma. Fui interno do Pronto-Socorro. Aprendi a saltar da cama e enfiar rápido as calças brancas e o avental, e a correr para a sala de atendimentos, onde velhos cardíacos estertoravam, fixando em mim os olhos congestos. A agulha do eletrocardiógrafo se movia desordenada, traçando no papel riscos que poucos compreenderiam: Cabala. O feiticeiro da Calábria teria gostado daquilo.

Meu pai se entusiasmava com as histórias que eu contava. Não perguntava pelo amuleto; envergonhava-se, talvez. De qualquer modo eu teria lhe mentido.

Cardiologia, eu respondia, quando me perguntavam que especialidade eu faria. Todos – ah! – me olhavam, cheios de respeito. Aladino mais que todos.

Nos formamos. Cerimônia muito bonita, nós de togas pretas. Jaime foi o orador da turma. Falou em problemas sociais, e outros, mas concluiu com uma mensagem de esperança. À saída me perdi na multidão. Suava sob a toga preta, procurava ansioso meus pais, sabendo que eles me procuravam também. Felipe! Doutor Felipe! – eu ouvia minha mãe gritar, mas onde estava? Eu pulava, procurando avistá-los.

De repente dei com Maria da Glória.

Bonita como da primeira vez que eu a tinha visto, toda de branco. Meus parabéns, Felipe – disse, mas já me arrastavam. Precisamos nos ver, gritei, e ela:

vou embora amanhã – Nem ouvi o resto da frase. Meus pais me abraçavam. Fomos para casa e lá estavam os vizinhos e a mesa posta, com salgadinhos, sanduíches, vinho, bolo. Aladino me esperava com o presente: um termômetro de ouro. Acordei no dia seguinte, bocejando, o anel de pedra verde no dedo. Acordei doutor.

Inscrevi-me para a residência em cardiologia. O número de vagas era pequeno: fui eliminado na prova de seleção. Para São Paulo eu não queria ir. Resolvi procurar um emprego e tentar a residência no ano seguinte. Deram-me o nome de um deputado. Se ele te abraçar, estás feito – disseram-me. Abraçou-me, efusivo, aquele homem gordo, de bigode, óculos escuros e roupa brilhante; mas não me arranjou nada.

Uns três meses depois de formado, encontrei Aladino no centro da cidade, para onde eu ia todas as tardes, à falta de programa melhor. Fazia calor; me convidou para um chope. Entramos num bar, ele carregando a enorme pasta. Me incomodava aquela pasta. (Estaria eu pensando, que chato se um colega me vê aqui, confraternizando com um representante de laboratório? Sim. Era o que eu estava pensando.)

Como vão as coisas?, perguntou Aladino. Tudo bem, era o que eu deveria responder; tudo bem, tudo certo, Aladino – era o que eu deveria dizer. Tudo em ordem. Caminhando. Melhor, impossível.

Mas não deu para mentir. Estou na pior, Aladino – foi o que eu disse, e tive muita pena de mim mesmo, um jovem médico, tão brilhante, sem emprego, tomando chope numa tarde de dia útil. Me comovi, tomei um gole de chope, mal passou por minha garganta embargada.

Aladino me encarava, surpreso. Mas o que é que há?, perguntou. O que se passa contigo? Contei minhas desventuras.

– Mas não arranjaste nada? Um emprego, uma bolsa, nada?

– Nada.

– Nada, nada?

– Nada, Aladino. Nada. Estou te dizendo.

Sei, murmurou. Durante alguns minutos, ficamos em silêncio, ele tomando chope a pequenos goles, me olhando fixo. Pegou a pasta, abriu-a.

– Bom. Vejamos o que tenho aqui.

Pegou uma caderneta de capa preta, folheou-a.

– Vejamos... Lugar para médico recém-formado...

Bom, leal Aladino.

– Existe uma possibilidade.

Interrompeu-se, me olhou. Como se me visse pela primeira vez. Me avaliava, por acaso? Me pesava? Em que balança? E com que autoridade? Me impacientei:

– O que é, Aladino? Diz logo, velho.

Caiu em si. Ah! Uma boca bem razoável, disse. Nosso laboratório vai dar uma subvenção a um professor da Faculdade. É para testar um remédio que estamos lançando. O professor já avisou que precisa de um médico para ajudar na pesquisa. Acho que é a tua chance.

Pode ser, respondi. Não sei se não teria preferido uma resposta altaneira: lixo, esta tua proposta, Aladino. Mas não foi isto que eu disse: (agradece – segredou o Doutor Felipe ao jovem Felipe. Aladino não é deus, é um homem pequeno e magro, que faz o que pode com sua pasta); agradeci.

Aladino se despediu e foi embora, dizendo que iria tomar providências. De fato: me procurou naquela mesma noite dizendo que estava tudo acertado, que eu já poderia falar com o Professor. O bom Aladino.

Fui falar com o Professor.

Esse homem tinha menos de um metro e sessenta, o que – para Jurandir – explicava muita coisa. Doutor pobre, tivera de trabalhar muito. Chegara a assistente da Faculdade e casara com a filha de um fazendeiro, tudo então melhorando. A este respeito costumava dizer, a sociedade deu um jeito de pagar o meu trabalho; e, às vezes, é preciso escrever torto por linhas tortas para se ter uma escrita direita. Tinha outras frases, sempre irônicas, sobre os mais variados assuntos.

Embora todos o chamassem de Professor, ele na verdade apenas respondia pela cadeira. Mas pretendia fazer concurso; estava certo de conseguir o cargo de titular. A oferta do laboratório viera bem; com base no trabalho proposto, pretendia fazer sua tese. Quando me aceitou na equipe, já tinha dois colaboradores: um médico formado há mais tempo, um rapaz míope e melancólico chamado Asdrúbal, que tinha úlcera e não vencera na vida; e uma laboratorista, Anita, mulher de meia-idade, loira e silenciosa, ainda bonita.

Começamos fazendo experimentos com cães, no biotério da Faculdade. Os procedimentos eram complicados, o cão não era o animal de minha predileção, mas eu estava satisfeito com a remuneração e continuava ligado à Universidade.

Asdrúbal e eu injetávamos as drogas nos animais. A avaliação dos efeitos exigia procedimentos cirúrgicos nos cães (feitos por nós mesmos) e exames laboratoriais, a cargo de Anita. O Professor aparecia duas vezes por dia, sempre apressado, reclamando dos doentes que o prendiam ao consultório. No biotério, se transformava; vestia o avental, corria para os cães, examinava os operados, brincava com os outros: aqui, Tinhoso! Upa, Veludo! E: Joli, meu amigo, querido amigo... Joli. Um vira-latas preto e branco.

Minhas relações com ele eram cordiais, respeitosas. Com Asdrúbal eu me dava bem. Quanto à Anita... Começamos a sair juntos. Uma noite fomos jantar e, depois, dançar num lugar pequeno e escuro. Nos olhávamos, nos olhávamos muito. Saímos e fomos para o apartamento dela. Já no elevador não se continha, me beijava, me mordia, quase me arrancava a camisa. Fogosa! Passei a ir lá todas as noites.

Meus pais é que não estavam gostando da história. Não tocavam no assunto, mas alguma coisa pesava sobre nós. Almoçávamos em silêncio, não dormiam enquanto eu não chegava: me esperavam, de roupão, sentados no sofá da sala. Muito trabalho no laboratório, eu dizia, à guisa de desculpa. No íntimo, irritado: sou um homem, que merda! Sou doutor! Até quando terei de dar explicações?

A pesquisa estava atrasada, e não dava os resultados esperados. Asdrúbal angustiava-se: se a gente chegar à conclusão que a droga não funciona, lamentava-se, eles nos cortam a subvenção. O Professor se enfurecia, olhando os registros: absurdo!

Eu trabalhando com Veludo ou Joli, Anita se aproximava, enfiava as mãos famintas sob meu avental. Deixávamos os cães anestesiados e corríamos para o apartamento. A qualquer hora. Ela já não tinha tempo de fazer os exames. Falsificava os resultados, o que me dava sentimentos de culpa: parecia-me ver o olho do Professor espiando pela janela do apartamento. Miragens.

Ficávamos deitados tempo. Ela quieta, fumando. Eu tentava puxar conversa. Como é que escolhes os números, eu perguntava. Que números? – ela, distante. Os números para os resultados dos exames dos cachorros – eu, irritado com aquela indiferença. Da seguinte maneira, explicava ela. Coloco no microscópio uma lâmina com uma gota de urina fresca; cubro-a com uma lamínula; ilumino, espio, dou foco, vejo cristais. Maravilham-me neles as formas estranhas – uns são poliédricos, outros lembram ataúdes. Concentro-me num ataúde. À força de contemplá-los faço com que percam seus ângulos e arestas; transforma-se numa esfera um planeta brilhantemente iluminado. No interior deste planeta, uma região de sombras: florestas tropicais. Numa clareira uma mulher, sentada a uma mesa, espia ao microscópio. Chove. Perto dela, no oco de uma árvore, um macaco, encharcado e de olhar triste, segura na mão uma folha de papel úmida onde estão escritos, em letra trêmula, certos números. São estes os resultados que eu escrevo nos registros.

Tinha de terminar mal – e terminou mal. O Professor me chamou para uma conversa particular. Nada tinha a ver com o caso, disse, era assunto entre Anita e eu – mas poderia haver repercussões na Faculdade, tais coisas sendo tão fáceis de se espalhar; sua mulher, por exemplo, já estava a par, e muito chocada. Receava que a pesquisa fosse prejudicada.

Falou de pesquisa. Pesquisa, disse, é tudo. Eu, por mim – acrescentou – me dedicaria exclusivamente à pesquisa, gozando a simples emoção de acompanhar as oscilações das agulhas dos aparelhos registradores. Infelizmente, suspirou, preciso do consultório para ganhar dinheiro. Embora – ponderou rapidamente – eu seja muito rico; mas não quero que se diga por aí que vivo à custa de minha mulher.

Falou de suas viagens de estudo. Nos Estados Unidos, disse, os olhos úmidos, fui feliz. Nos Estados Unidos, trabalhando com Feldstein, fui feliz. Feldstein foi um pai para mim. Enviou-me uma carta pessoal, convidando-me a trabalhar com ele. Empenhou-se em me conseguir uma bolsa, me arranjou acomodações na universidade, me esperou no aeroporto.

Sob orientação de Feldstein, trabalhei com hipertensão experimental. Trabalhei muito, e bem, e contente. Uma vez por semana Feldstein e a esposa convidavam-me para jantar na casa deles. Eram simples e bons, verdadeiros pais para mim. E os colegas! Filipinos, hindus, colombianos – amigos, irmãos! Pouca saudade tive do Brasil, e até nem queria voltar. Mas, infelizmente, era preciso. No aeroporto,

Feldstein me deu de presente um amuleto dos índios navajos, explicando que simbolizava a persistência. Pediu-me, encarecidamente, que continuasse a pesquisar.

Suspirou: tenho feito o possível e o impossível para continuar minhas pesquisas. Poucos me compreendem. O corpo docente me acha grosseiro. O corpo discente me chama de louco. Os professores só querem folgar; os alunos querem saber dos macetes. Até minha mulher me hostiliza. Por ela, viveríamos em reuniões sociais. Não sou feliz aqui, Felipe – concluiu, amargo. Nos Estados Unidos fui feliz. Aqui não sou feliz. Não tenho amigos. Há gente que gostaria de me ver na rua da amargura. Não me faltam rivais.

Saí de lá impressionado e até envergonhado. Resolvi falar com Anita. O que é que tu achas? – perguntei. Ela baixou a cabeça. Não achava nada. Era triste, aquela mulher. Desquitada, seis anos mais velha que eu, amargurada, silenciosa. Não achava nada. Ficamos de resolver.

Uma semana depois, o Professor dá uma festa em sua casa, em homenagem aos diretores do laboratório financiador da pesquisa. Todo o mundo é convidado – menos Anita e eu. Feldstein faria tal coisa? Desprezar os colaboradores? Pouca-vergonha! Telefono ao Professor. A secretária me diz que ele não pode atender. Desligo com um palavrão.

Lá vai o Doutor Felipe, possesso. De que é capaz, em sua fúria?

É capaz de ir ao biotério, na calada da noite; é capaz de entrar furtivo, graças à chave que tem.

Acende uma lanterna. A luz faz reluzir os olhos dos animais que guincham e ganem, assustados. Felipe abre as gaiolas e expulsa-os do biotério. Cães, ratos e porquinhos-da-índia correm pelo pátio da Faculdade. A última vez que o Doutor Felipe os vê, estão subindo a lomba do Sétimo, em direção à Santa Casa, às luzes do centro.

Joli foi capturado, Veludo atropelado por um táxi. De Tinhoso nunca mais se ouviu falar. O Professor e Asdrúbal ficaram desesperados: a pesquisa estava arruinada. E salva a ciência? – foi o que perguntei a Anita, a mulher que, por amor, falseava resultados de exames. Grande ciência, disse, grande merda. Embarcava para São Paulo, para se reunir à filha. Pretendia arrumar um emprego por lá. Em São Paulo, serei feliz, garantiu-me. Beijei-a. Pouco sabia daquela mulher, e era tarde para descobrir: o ônibus já partia.

Tirei férias. Foi o que eu disse a meus pais, que havia tirado umas férias; explicava assim porque dormia até as dez da manhã. Algum tempo depois, contei que tinha me candidatado ao cargo de médico de uma grande firma. Médico de firma, é bom isto? – perguntavam meus pais. Claro que é bom, eu dizia; trabalho fácil. Os empregados dessas empresas não têm nada, se queixam à toa; uma cambada de vagabundos, uns simuladores.

Meus pais me olhavam, consternados. Estavam preocupados comigo, mas evitavam me incomodar. Meu pai, eu sabia, bem que gostaria de me perguntar pelo amuleto; mas não, dizia-se, melhor não falar.

O amuleto é de estimação, mas um filho está acima de tudo.

Não andava bem, o pai. Tinha pressão alta, tratava-se com o Doutor Silvana, que lhe recomendava calma, repouso. Mas não, ele não parava. Um dia, voltando de uma viagem, caiu na entrada da casa, fulminado. Levei-o para o hospital, em coma.

Aquilo terminou por me arrasar. Sai o doutor da Faculdade, todo orgulhoso – mas é reprovado nas provas para a residência; arranja uma bolsa de pesquisa e a perde; por fim, lhe adoece o pai. O pobre doutor. Tão transtornado ficou que nem conseguiu providenciar os papéis para a baixa do pai. Silvana teve de cuidar de tudo.

A morte da irmã foi um golpe para o Ramão. Mais desesperado ficou quando viu que o corpo tinha sido aberto: malditos, murmurava, se eu pego vocês, eu mato. Guardou consigo o curioso objeto encontrado no necrotério: a mão de metal com o olho gravado na palma.

Colocou o caixão no caminhão – emprestado pela firma – e viajou para Piraí. Junto com o pai fez o enterro, numa coxilha perto do rio. O velho pediu-lhe que ficasse em Piraí. Quero voltar para cidade, respondeu, quero ficar rico. Pobre não tem vez, pai. Pobre morre na Santa Casa e é cortado depois de morto. Não, pai. Comigo não vai ser assim.

Eis o Doutor Felipe à cabeceira do pai. Fica

sentado horas ali, segurando o braço em que está a agulha do soro.

O rosto do pai. Deste rosto, tudo o que conhece – o sorriso, o jeito cômico de franzir a boca, o brilho dos olhos – tudo isto sumiu, desceu para camadas mais profundas, tudo isto está guardado em escaninhos muito remotos – por ora, ou para sempre.

Para sempre – pesam, estas palavras. Esmagado, o Doutor Felipe tomba para a frente. O queixo apoiado na borda da cama, vê o rosto do pai sob uma estranha perspectiva, como se fosse uma região longínqua. Os acidentes deste país atormentado – o platô da larga testa, a cavidade forrada de pêlos de uma narina, as gretas dos lábios, tudo isto ele explora ansiosamente, incansavelmente. Aguarda o pequeno sinal – um bater de pálpebras, um ricto dos lábios – que lhe permitirá gritar à mãe: há vida, aqui! Por enquanto, não dá para dizer nada. Por enquanto aguardam, ele junto à cama, a mãe mais atrás, imersa na sombra espessa. Apenas a respiração dificultosa do doente e o gotejar da sonda urinária quebram o silêncio.

Geme, o seqüestrador. Abre um olho inquieto, fixa-o em mim. Certifica-se de que o revólver está por perto, torna a adormecer.

O pai melhorou, voltou para casa numa cadeira de rodas. Não poderia mais trabalhar, mas estava fora de perigo.

As despesas tinham sido grandes. Vendi o Oldsmobile, um terreno, paguei as dívidas. E senti que estava na hora de ganhar dinheiro.

– Acho – disse Aladino – que um lugar do interior resolveria o teu problema.

Estávamos no bar. Aladino abriu a pasta, pegou a caderneta, folheou-a: lugar para médico, no interior... Olhou-me: conhecia eu uma cidadezinha chamada Piraí? Claro que conheces – ajuntou; estiveste lá em guri, com teu pai. É verdade, eu disse. E acrescentei: conheço um homem que mora lá, o Barão.

– O Barão? – ele, entusiasmado. – O Barão é dono de Piraí, rapaz! É o homem mais rico de lá, o chefe político, tudo! O médico que ele ajudar está feito. O Barão é deus para aquela gente! Em Piraí, o Barão manda e desmanda! Ele lá só não faz chover! Bebemos à saúde do Barão e de Piraí.

– Vamos fazer o seguinte – disse Aladino, limpando a boca. – Na semana que vem, tenho de dar um pulo àquela zona. Te levo junto, e se der tudo certo, já podes até ficar por lá.

Concordei, e naquela semana resolvi todos os problemas: comprei uma cama especial para meu pai, contratei uma atendente, uma senhora alemã, muito competente. Minha mãe chorava, me vendo arrumar as malas; mas compreendia que não era o caso de ficarmos os três abraçados, que era hora de eu me virar.

E assim, uma semana depois, passando por ovelhas e campos cultivados, chegamos a Piraí.

A cidade mudara. A fonte de água termal fora abandonada depois de se ter espalhado o boato de que a água fazia mal ao fígado. Mesmo assim, a região tinha se desenvolvido. Plantava-se, conforme a estação, trigo, soja, abobrinha, produtos vendidos a bom preço. Automóveis desfilavam pela rua principal, cheia de butiques e lojas de eletrodomésticos.

Fomos ao hospital. O antigo hotel de Afonso fora substituído por um grande prédio de alvenaria. Mas no vestíbulo ainda estavam as cadeiras de vime e os vasos com samambaias.

Aladino me apresentou à Irmã Georgina, a superiora; aprovou-me, aquela mulher alta e robusta, depois de me examinar atentamente com olhar severo. Espero que o senhor goste de trabalhar, doutor – disse – porque trabalho aqui não falta. Estou pronto, Irmã, para o que der e vier – respondi, e ela até sorriu.

Fomos ao Doutor Armando, o médico que, se aposentando, me deixava o lugar. E o que vi no consultório, entre livros empoeirados, ferros cirúrgicos, vidros de remédio e estatuetas de pastoras? O retrato do médico como um velho, foi o que vi. O doutor olhando-nos por cima dos óculos, de armação velha e quebrada, emendada com esparadrapo; estendendo-nos uma mão trêmula; queixando-se do frio... Oferecendo um cafezinho. Suspirando: o colega chega bem a tempo. Estou cansado, não agüento mais. Há sete anos espero um substituto. Já tinha resolvido: se não aparecesse alguém este ano, ia embora de qualquer jeito, deixava o pessoal sem médico.

Riu: mentira minha, não ia embora coisa nenhuma, não seria capaz, sou mole, o colega nem imagina como sou mole, estraguei esta gente, acostumei mal o povo, o colega vai ver. Nunca saí daqui. Nunca tirei férias.

Logo que cheguei, continuou, meu objetivo era ficar o tempo suficiente para juntar um pé de meia e então me mudar para o Rio. Um apartamento em Copacabana, de frente para o mar, era o que eu queria. Mas depois de alguns anos, já me contentaria com umas férias no Rio; o que também não consegui. Aliás, nunca pude passar uma semana na praia. Não deu, colega, nem para fazer piqueniques aos domingos nos matos aqui perto. Deu para passar uma tarde na rede, de vez em quando, balançando, olhando as nuvens, escutando os passarinhos. É bonito, colega. O colega experimente, enquanto ainda temos passarinhos.

Ficou uns instantes olhando pela janela, e continuou: tenho muitos folhetos sobre o Rio; escrevo para as agências de turismo, elas me mandam. É lindo, o Rio, colega. O Pão de Açúcar, o Corcovado... Se eu ainda tivesse saúde me mudava para lá, palavra.

Queixou-se: ultimamente não ando bem, sofro de insônia.

Perfil do médico como insone. Deitado, na semiobscuridade do quarto, as mãos cruzadas sobre o peito, tensos os músculos da nuca, os olhos muito abertos, fixos num ponto do teto – vértice de uma pirâmide imaginária resultante da convergência dos olhares dos insones da cidade e da zona rural. Passam pela pirâmide fiapos de sono, passam ligeiro, sem se deter – para mágoa do doutor, porque faz falta, este sono, se não a ele, aos pacientes; e se os pacientes conseguem dormir, também o médico adormece. Que bom seria ver, um segundo antes de os olhos se fecharem, a pirâmide desabar sem ruído em meio a uma névoa espessa. Suspira, o doutor, resmunga qualquer coisa. Dorme, velho – diz a mulher a seu lado. Por que não dormes? Amanhã é dia de trabalho e tu aí ruminando tuas bobagens. Toma um comprimido e dorme.

O médico se levanta. Veste-se, vai para o hospital. Caminha pelos corredores desertos. Ouvido atento: reconhece seus doentes pela tosse, pelos gemidos, pelos suspiros – sons que são dele, que são ele. Ele *é* tosse, ele *é* gemido. Inclina-se junto às camas; é do seu sopro que precisam, os doentes, não do oxigênio frio; precisam de seu hálito quente, mistura do azedo da noite, do café, do fumo. A este sopro, a este cheiro abrem um olho injetado que suplica – e acusa? Mas, acusa a quem? A mim? – pergunta-se. – Mas eu sou Deus?

A freira aparece, assustada. Estou aqui fazendo uma visitinha de surpresa, Irmã – explica. O dia começa a clarear, mais uma noite – felizmente – terminou. Se espreguiça, toma uma xícara de café que a freira lhe oferece, vai para o consultório.

Àquela hora já há gente à sua espera: os colonos que vêm do interior e que querem ser atendidos depressa. A gente exigia muito: que estivesse sempre disposto, que atendesse com urgência aos chamados. Não tinham pena dele. Não se reuniam em pequenos grupos, no bar ou no adro da igreja para comentar, vozes abafadas e fisionomias preocupadas: o doutor anda cansado, precisamos poupá-lo; o doutor é um só e nós somos muitos, devemos cuidar dele, não caloteando, não o obrigando a caminhar na chuva; o doutor é fraco, mal e mal suporta os sofrimentos que tem de presenciar; e se é verdade que é um pai para nós, também temos de ser pais para ele. Não. Isto não se dizia. De qualquer modo, o Doutor Armando não aceitaria a piedade de seus clientes: vão trabalhar, vagabundos! gritaria; o campo está esperando por vocês, quem é que quer descansar, seus safados?

Ele. Ele queria descansar. Nunca o teria admitido, não tivesse passado por três momentos de estranhas sensações.

O primeiro:

Um caminhão transportando empregados do Barão tomba num barranco. Vinte e dois feridos chegam ao hospital, oito deles precisando ser operados com urgência. O Doutor Armando fica dezessete horas na sala de operações.

Não agüento mais. Na última cirurgia, seus olhos estão se fechando... Se fecham, ele se vê num campo, ao sol. Um riacho corre entre pedras. Árvores, pássaros cantando... Paisagem deliciosa.

Um sobressalto. Suas mãos, dentro do tórax do paciente, estão mergulhadas num lago de sangue. Que estou fazendo, meu Deus? Estou dormindo! Assusta-se, pinça a artéria que sangra. Vai para a casa roído de remorsos: tal é o preço que paga por um instante de paz.

O segundo:

É chamado para ver o Barão que se queixa de qualquer coisa, de uma dor. O Barão é um hipocondríaco, bem sabe; mas não deixa nunca de visitá-lo quando chamado e de examiná-lo conscienciosamente. Ainda desta vez, vai; suspirando, mas vai. Senta na cama do Barão, ouve-o com simpatia. Ausculta-o à moda antiga, sem estetoscópio: encosta a orelha ao dorso do homem e ali fica, embalado pelo suave murmúrio que ouve lá dentro: brisa entre as árvores. Seus olhos se fecham.

– Alguma coisa errada aí, doutor?

Se recompõe: não, Barão, nada de errado, tudo certo. Ainda bem, diz o Barão, desconfiado. O Doutor Armando receita e se vai, apreensivo. É a segunda vez.

O terceiro:

Encontra na rua um cliente, velho amigo. Pergunta por Gonçalino. Morreu, diz o amigo, morreu em São Paulo, coitado. Pergunta por Pedro; o amigo responde que o Pedro também morreu. E assim Osvaldo, e assim Tito, e assim Venceslau: todos morreram.

Fica penalizado, o Doutor Armando. Tanta gente boa se indo... De repente encara o amigo:

– E tu? Não tinhas morrido também?

Que é isto, Armando – o amigo ri, entre divertido e desconfiado – a troco de quê eu haveria de morrer? e se tivesse morrido estaria aqui, conversando contigo?

Mas – ele insiste – alguém me disse que tinhas

morrido; mas quem? Será que foi aquele colega de Porto Alegre? Aquele que te mandei consultar?

Armando, diz o amigo empalidecendo, tu me mandaste consultar um médico em Porto Alegre, no mês passado, por causa daquele caroço; ele fez uma biopsia, te escreveu contando o que tinha dado.

– E o que foi que eu te disse?

– Que não era nada.

Ficam em silêncio.

Acho que me enganei, murmura o Doutor Armando; me enganei mesmo, amigo – O nome lhe foge. – Rodolfo, diz o amigo. O nome é Rodolfo.

Despedem-se. Angustiado, ele corre ao consultório, consulta o fichário. É muito incompleto: há anos não escreve mais nada, esquece de tomar notas, já não sabe mais quem está vivo e quem morreu. Que fazer? Ir ao cemitério, anotar os nomes que estão nas lápides, para não cometer mais equívocos?

Não. O negócio é parar. Se aposenta. Oferecem-lhe um churrasco de despedida, presenteiam-no com um relógio de ouro e uma faca de prata. Um médico jovem virá substituí-lo.

Levanto-me; ele se levanta também, me aperta demoradamente a mão, os olhos úmidos: duro neste pessoal, colega.

Saio, escoltado por Aladino. Sou agora o médico de Piraí.

Ramão disse à dona da pensão que nunca mais voltaria a Piraí. Estava muito abatido e chegou a se sentir mal uns dias, nauseado, sentindo uma dorzinha enjoada na boca do estômago. Só me faltava cair doente agora – pensou.

Mas a sorte estava a seu lado. Ajudou um motorista de táxi a trocar um pneu; ficaram amigos. O homem, que era dono do carro, perguntou se ele não queria trabalhar no táxi nos fins de semana. Ramão aceitou, entusiasmado. Naquele mesmo dia, comprou uma camisa azul de galões, uma gravata preta e calças novas.

Antes que eu tomasse a iniciativa de visitá-lo, o Barão mandou um empregado me chamar. Que eu fosse depressa, porque ele estava doente.

Aluguei um carro de praça, um dos velhos fordes-de-bigode que ainda existiam em Piraí – relíquias da cidade. Por uma estrada ensaibrada, entre matos, subimos uma colina; no alto desta colina, havia uma grande casa, um verdadeiro castelo em pedra cinzenta. O motorista me deixou junto à maciça porta de carvalho, afastando-se em seguida. Eu fazendo soar a campainha, uma empregada abriu-me a porta; seguindo-a por salas e corredores cheguei a um enorme quarto de dormir. Ali, numa antiga cama com dossel, acomodado sobre altos travesseiros, vestindo um chambre cor-de-vinho, o mesmo homem retaco, de olhos claros enérgicos e espesso bigode, que eu tinha conhecido, só que agora de cabelos grisalhos: o Barão. Reconheceu-me de imediato, lamentando que nos reencontrássemos em tais circunstâncias, ele tão doente.

Dor no estômago, azedume na boca e tontura – três desafios o Barão me lançou, naquela tarde.

Aceitei-os galantemente e – *perfil do médico como Príncipe Encantado* – manejando à perfeição a terapêutica, modulando as recomendações de acordo com o gênio irritadiço do doente, e exibindo sempre um sorriso, acabei por conquistá-lo. Maria da Glória me olhava.

(Bonita como da primeira vez que nos tínhamos visto, a mesma beleza suave, o mesmo sorriso tímido. Pareceu-me mais magra, e triste. Talvez por ter perdido a mãe há pouco tempo.)

Na primeira visita que fiz ao Barão, acompanhou-me até a porta. Lembrei o baile dos calouros, ela baixou a cabeça – mas não tirou sua mão de entre as minhas. Nos dias que se seguiram, passeávamos pelos jardins da casa, o Barão nos espreitando por entre as cortinas (desde a morte da mulher ficara ciumento); ou então saíamos para piqueniques à margem do rio, na charrete dirigida pelo velho Pedro, encarregado pelo Barão, eu tinha certeza, de nos vigiar. Ainda era tranqüila, a paisagem, nos arredores de Piraí: campos com pequenos bosques, um rio largo, fluindo manso (ninguém podia imaginar – mas isto acontecia – o rio cheio, enfurecido, saindo de seu leito, inundando as casas ribeirinhas).

Eu me sentia feliz, ali em Piraí. Deitado na grama, um talo de capim entre os dentes, o sol me aquecendo, eu me voltava para Maria da Glória, eu lhe sorria, ela me sorria. Às vezes seu rosto se toldava, ela se inteiriçava, a testa vincada. Que foi? – eu perguntava, alarmado. Nada, respondia, e de fato eu nada diagnosticava. Com exceção destes breves momentos tudo ia bem; eu saia do consultório, do hospital, corria para junto dela. A freira, os clientes, todos sabiam do namoro – e aprovavam, apesar de achá-lo um pouco súbito. Estava tudo bem. Resolvemos nos casar.

Falei com o Barão.

Não pôde se conter; voltou-se, os soluços sacudindo-lhe o corpo. Coloquei-lhe a mão no ombro e aquela mão – nem leve demais nem pesada demais, nem confiada demais nem temerosa demais; aquela mão que não tremia, aquela mão que inspirava calma e confiança, aquela mão fê-lo voltar-se para mim: seja feita a vontade de Deus, Felipe – disse, os olhos ainda cheios de lágrimas.

O casamento foi muito bonito. Tenho uma foto que nos mostra a todos: eu, ainda magro (poucos meses depois, à custa de muito churrasco de ovelha, eu já tinha barriga); meu pai, já bem melhor, apoiado numa bengala; minha mãe, resplandecente em seu vestido branco; o Barão, com uma expressão entre triste e alegre, entre orgulhosa e despeitada; e parentes, e amigos. Muita gente. Entre os convidados estavam o prefeito, o deputado da região, os vereadores, o padre, fazendeiros (uma lista completa dos nomes saiu na *Voz de Piraí* do dia seguinte).

Afonso, o dono do hospital, veio de Porto Alegre especialmente para a festa. Já não morava em Piraí; quem tomava conta do hospital era um capitão aposentado.

Abraçou-me, olhou-me fixo: te lembras de mim, Felipe? Como não ia me lembrar, Afonso, eu disse, parece que o destino insiste em nos juntar. Riu: o hospital está à tua disposição, Felipe, mas vê lá: não vai fazer bobagem, hem? Amigos, amigos, Felipe, negócios... Tu sabes. Eu sabia.

Viajamos para o Rio, em lua-de-mel. Fomos ao Pão de Açúcar e ao Corcovado, tomamos banho de mar em Copacabana. Voltei disposto para o trabalho. De manhã ia ao hospital, operar. Para minha própria surpresa, operava muito bem, apesar de não ter treino cirúrgico (Herança dos tempos de biotério, de operar cachorro? Talvez. Mas a freira não era Anita. Felizmente não era). Voltava para casa, almoçava, e à tarde ia para o consultório. Tornava a passar no hospital e subia a colina: morávamos com o Barão. Passávamos o domingo numa das fazendas dele; ali, aproveitando uma fonte de águas termais, o Barão tinha construído uma piscina. Acreditava nas virtudes curativas do líquido, e não seria eu quem iria contrariá-lo. Mergulhávamos na água morna e límpida e depois nos estendíamos em cadeiras preguiçosas, ao sol.

É verdade que eu dava duro. Às vezes, passava noites em claro, atendendo chamados, operando. Mas progredi rápido: uma foto, tirada na rua principal, mostra-me em companhia do Barão e do prefeito. Barão e o prefeito sorriem: envaidece-os a companhia do doutor. O carro que aparece ao fundo, importado, foi presente do Barão. Nada mau, eu pensava, para quem chegou a Piraí de carona com um representante de laboratório.

Com o trabalho, tudo bem, mas de resto nem tudo bem. Com os amigos tudo bem, com os políticos bem, no clube tudo bem; mas de resto nem tudo bem.

Com Maria da Glória é que não estava tudo bem. Isto é, durante o dia tudo parecia bem. Eu saía para o trabalho, me despedia dela com um beijo. No almoço, no jantar, conversávamos; eu perguntava a ela sobre as novidades. Contava as novidades, poucas. Eu falava sobre o trabalho no hospital, no consultório, ela ouvia, atenta, fazia um que outro comentário. Até aí, portanto, tudo bem. Depois, é que as coisas não iam bem: na cama. Na cama as coisas não iam bem. Nada bem. Para falar a verdade, eu poderia até ter ignorado que as coisas não iam bem. Era só dar boa-noite, depois de fazer amor, virar para o outro lado e dormir – como tantos, como o prefeito, como os fazendeiros, como os vereadores. Era o que eu deveria fazer, se fosse esperto. Mas eu não era esperto. Eu parava no meio. Merda, eu *tinha* de parar no meio e acender a luz para ver o que ela estava fazendo. E o que é que ela estava fazendo?

Não estava fazendo nada. Estava revirando para o teto uns olhos muito abertos e muito tristes. Só. Não estava cerrando pálpebras nem dilatando narinas; não estava ofegando, nem gemendo nem murmurando palavras incompreensíveis. Estava apenas se submetendo ao marido, ao macho, ao médico, ao porto-alegrense, sei lá. Estava simplesmente se submetendo. Merda! Não gozava nada. Ficava ali, com cara de vítima.

E, pior: se agitava no sono, falando em coisas que saíam do mato para atacá-la. Mas que coisas, Santo Deus? O pênis silvestre? E se era tão medrosa, por que saltava da cama de madrugada e ia cavalgar nos campos? Encontrava mais prazer no dorso do cavalo, na grama úmida e no canto dos pássaros, do que na minha companhia? Mas se eu gostava dela! Eu a amava! No entanto, quando lhe perguntava a respeito, se fechava. Não conseguia falar com ela. Com minha própria esposa. Com o Barão eu podia conversar horas sobre soja e outros produtos primários; com minha mulher não conseguia falar sobre nossa vida conjugal. Aquilo estava me arruinando.

Poucas coisas me davam prazer. Apenas era uma delas. Só que, saindo da sala de cirurgia, eu tinha de atender os indigentes que me esperavam – uma pequena multidão – numa das alas do hospital. E eis o Doutor Felipe atendendo criança desnutrida, eis o Doutor Felipe atendendo tuberculoso; eis o Doutor Felipe de saco cheio, perguntando, mas afinal, Irmã, de onde é que vem tanto pobre? A freira sorria, meio embaraçada, não sabia explicar aquilo, a pobreza que se via por ali. O Doutor Felipe culpava uns amigos do Barão, que estavam abrindo uma fábrica em Piraí: têm emprego para cinqüenta, dizia, e atraem quinhentos. Ora, respondia o Barão, a fábrica é necessária. E esta gente vem do campo porque quer.

Felipe atendia os indigentes, mas atendia mal. Tirava a cadeira do consultório, obrigava-os a ficar de pé. Mal os olhava. O Barão foi obrigado a reclamar: seus próprios empregados, sentindo a aversão do médico, estavam procurando curandeiros. Isto fica chato para mim – ponderou o Barão. Eu com um genro médico e o meu pessoal consultando curandeiros. É chato, Felipe.

Havia muitos curandeiros em Piraí. A ruazinha que passava atrás do hospital era até conhecida por Beco dos Curandeiros. Estavam ali estabelecidos com tendinhas; vendiam ervas, aplicavam passes, ensinavam rezas. Vou acabar com esta palhaçada, disse Felipe à freira.

Foi procurar o delegado. Isso aí é caso de polícia, disse. Essa quantidade de curandeiros soltos na rua, me desmoralizando. O senhor tem que dar um jeito. O delegado prometeu providências. Prometeu e cumpriu.

Madrugada de verão. O céu de Piraí forrado de nuvens pesadas: vai chover. Vindo do campo, um vento quente passa pelo Beco dos Curandeiros, levantando torvelinhos de poeiras e folhas secas. A ruazinha está quase deserta; apenas uns poucos curandeiros armam suas tendas. Os outros, nas casinhas de madeira, ainda dormem. É sábado, dia de pouco movimento. Dormem.

Nos extremos da rua, surgem os homens do Delegado – uns vinte. Armados: facões, garruchas, espingardas. A um apito do delegado, avançam, invadem as casas. Homens de cuecas, mulheres de camisola saltam pelas janelas. Balaios de plantas, garrafas de beberagens voam para todos os lados. Com os destroços das tendas, os homens do delegado acendem uma enorme fogueira no meio da rua.

Os curandeiros são colocados num caminhão e levados para um morro, fora da cidade. Ai de vocês – avisa o delegado – se voltarem!

Embarca no carro e vai, satisfeito, dar conta ao médico do resultado da missão. O Doutor Felipe cumprimenta-o: muito bem, delegado, com esses ordinários é só na base da porrada! Eles que vão fazer suas safadezas longe daqui!

Mas os curandeiros não se vão. Ficam nos morros perto de Piraí. Um deles conhece uma caverna; ali se refugiam, protegidos do temporal que desaba sobre a região.

Acendem uma fogueira, acomodam-se pelos cantos. Se olham. Se conhecem, claro, mas nunca estiveram tão juntos. Não são um grupo homogêneo, pelo contrário; há uns tipos indiáticos, uns bugres; outros de boa aparência, bem vestidos – poderiam até passar por funcionários. Há mulheres, também; estas, quase todas velhas, com caras de bruxa.

Pouco falam. Comentam com desgosto a expulsão e fazem votos para que o exílio seja curto: dias, uma semana. Nada mais tendo a dizer, se calam.

Ao fim da tarde, chegam familiares, trazendo provisões e notícias. Estas não são boas. Visitas ao Barão, aos vereadores, resultaram apenas em promessas. De concreto, nada. Há que ter paciência.

Passam-se os dias. A princípio separados em grupos, conforme a categoria das antigas clientelas, os curandeiros vão sendo forçados a um convívio mais íntimo, limitados que estão pelas paredes da caverna da qual, por medo ao delegado, pouco saem. São agora uma comunidade. Dividem entre si tarefas: há quem cozinhe, há quem limpe o recinto. E todos os dias, ao final da tarde, reúnem-se em assembléia em torno à fogueira, discutem a situação. O que está acontecendo? O que foi, mesmo, que aconteceu? O que vai acontecer? Baseados em escassos elementos, em boatos, em conjeturas, em temores, em esperanças, estes debates são sempre acalorados, mas não levam a resoluções. Não sabem nada, esta é que é a verdade, concluem com tristeza. Onde tinham errado? Vocês eu não sei, diz uma, mas eu, eu nunca fiz mal a ninguém. Lembra as pessoas a quem ajudou, o rapaz das dores de cabeça, a senhora com pedras nos rins. Cobrava, é certo, mas pouco. E o que tem de mal, pergunta, em receber um dinheirinho em troca de consolo? O que têm de mal os passes? As ervas? Outro curandeiro ampara-se na fé: meus poderes não são meus, diz, misterioso – são de alguém que vela por mim; o dia chegará, vocês vão ver. Outro se revolta: trabalhava com ervas, nunca receitou remédio de farmácia, não se metia com o doutor, a troco de que tinha o doutor de se meter com ele? Um outro menciona, a seu favor, curas milagrosas: se lembram da velha Inácia, a renga? Apliquei um passe nela, a velha ficou tão inteira, que andava correndo atrás de rapazinho! Riem, lembrando as tropelias da velha. Depois ficam silenciosos.

Voltarão a Piraí? Querem muito voltar, mesmo que não possam mais trabalhar como curandeiros, mesmo que tenham de lavrar a terra, de carregar tijolo em obra; qualquer coisa, desde que não se incomodem mais com o delegado e o doutor, desde que não sejam mais expulsos. Uns, revoltados, falam em invadir a cidade, em dar uma surra no doutor. Estes logo caem em si; são fracos, um triste bando de pássaros depenados, o que podem fazer? Nada, nada. Uma sanfona aparece, cantam uma toada, se enrolam nos cobertores ralos e adormecem murmurando preces.

Ao fim da primeira semana, adoece o velho Bento. Tem febre, tosse, treme de frio. Os curandeiros se reúnem em torno ao doente. O que terá o velho? Apalpam-no, cheiram-lhe a boca: discutem os achados, mas não chegam a um acordo. É da urina, diz um; do pulmão, arrisca outro. O pior é que agora se sentem inseguros; afinal, se o Doutor Felipe mandou o delegado expulsá-los, é decerto porque cometem enganos porque fazem bobagens. E não querem errar com o velho Bento, a quem estimam; querem que ele se salve.

E se chamamos o doutor? – pergunta um. Com a raiva que ele tem de nós? – debocha outro. – Não vem nem a peso de ouro.

Sem saber o que fazer, resolvem consultar o próprio Bento. O velho é experiente, tem fama de milagreiro. Sacodem-no, jogam-lhe água no rosto. Por fim, o velho abre os olhos remelentos: é pontada, resmunga. Fecha os olhos de novo, se aquieta. Não diz de que maneira deve ser tratado, nem por quem. Nada.

Pontada – o que fazer? Discutem entre si, não se entendem. Um fala em penicilina, outro discorda, não acredita em penicilina; e depois, acrescenta um terceiro, não temos penicilina, nem seringa, nenhum remédio. Arriscando-se, saem pelo campo, colhem ervas, preparam chás. Sem resultado: o velho piora sempre e eles vêem que ele vai morrer, discutem apenas quantos dias durará. Três, é o parecer da maioria, e de fato, no terceiro dia morre o velho. À noite, os curandeiros levam o corpo, enrolado num cobertor, e enterram-no na coxilha, perto do rio.

De madrugada, dois vão embora, para Curumins. No dia seguinte, mais quatro. E assim vão abandonando a caverna, até que fica lá só a Tia Isolina. A velha é má; pensa em botar veneno na caixa d'água de Piraí; só não faz isto porque tem netos na cidade. Os filhos tiram-na da caverna, cuja umidade matou o velho Bento, e constroem para ela uma cabana, no alto mesmo do morro. Tempos depois ali irá procurá-la a gente de Piraí, em busca de conselhos ou de plantas medicinais.

(Destas coisas o Doutor Felipe nunca ficou sabendo. Nunca ficou sabendo que Maria da Glória ia de madrugada, a cavalo, procurar a Tia Isolina. Por quê? Porque queria corresponder ao marido, queria dar-lhe um filho. Tomava os chás que a velha fazia; nasceu um filho – morto. A moça, desesperada, não apareceu mais. O que se há de fazer? – resmungava a velha. – Quis um filho, teve um filho. Vivo ou morto, qual a diferença? Por que não cuidou dele como se fosse vivo, por que não lhe deu de mamar, por que não o acarinhou como se fosse vivo? Com o tempo se acostumaria a ele.)

A expulsão dos curandeiros pegou mal: as eleições se aproximavam. O candidato do Barão veio me procurar, ofendido: para que esta bobagem, é para eu perder as eleições? Não amola, respondi. Quem era ele para interpelar o Doutor Felipe? Um atrevido, um político grosso do interior.

A freira também começou a implicar comigo. Perguntavam por mim no hospital, ela respondia de maus modos: aqui não está, deve andar pela butique.

A butique era de uma argentina, mulher de uns trinta anos, peronista ardente. Eu a procurava desde que Maria da Glória, tendo perdido o menino, passara a dormir num quarto separado. Tinha uma cama portátil no escritório, a astuta portenha. Eu ia lá todos os dias. Todo mundo sabia dessas visitas, mas pouco me importava. Quando ficava de saco muito cheio, saía a passear de charrete. Para o campo, eu dizia ao velho Pedro. Isto ainda vai terminar mal, ele resmungava, estalando o chicote.

Era de terminar mal? Não parecia. O Doutor Felipe, rico, importante, recostado no assento da charrete, olhando os campos banhados de sol – era de terminar mal?

Terminou mal. Na ponte sobre o rio, o cavalo se assustou e empinou, virando a charrete. O doutor e o velho foram atirados à correnteza. Sumiram.

Felipe logo subiu à tona. Olhou para os lados: Pedro não aparecia. Hesitou um instante, tornou a mergulhar.

É bom, dentro do rio. Se pode estar a gosto nas águas refrescantes, espesso silêncio que ali reina. À tênue claridade amarelada, o Doutor Felipe desloca-se com uma desenvoltura que o surpreende. Está bem, está alegre, quase não precisa de ar, sente-se feliz longe da freira, dos indigentes, de Maria da Glória, do Barão, do delegado; tem vontade de ficar ali, de não sair mais. Por que não fica quieto, então?

Por que nada de um lado para outro, como um bagre enlouquecido?

Por causa do velho Pedro. Procura-o em todas as direções. Já está quase desistindo, quando avista um objeto brilhante no fundo: uma garrafa de caninha. Do Pedro, sem dúvida. De fato, mais adiante encontra o velho.

Leva-o com esforço para a margem, deposita-o na areia grossa. Ajoelhado, examina-o, ansioso. Os lábios roxos franzidos num ricto, os olhos entreabertos, Pedro está bem morto.

Felipe olha ao redor. Começa a juntar gente: moradores das casas ribeirinhas. Uma araponga grita, longe, furando o silêncio da tarde quente. O Doutor Felipe pensa em fazer respiração boca a boca no velho: se eu salvá-lo, ou se ao menos me esforçar bastante... o meu prestígio... há testemunhas... Boca a boca? Olha os cacos de dentes do morto; dá-lhe uma súbita náusea, uma impaciência. Está morto, diz. Volta a pé para Piraí.

A conterrânea de Ramão providenciou um encontro dele com a morena de Curumins. Esperou-a num bar da Cidade Baixa. Ela chegou, bonita como sempre, sorrindo. Esta é a mulher da minha vida, pensou Ramão. Sinto que esta é a mulher da minha vida.

Em casa, encontrei a empregada arrumando as malas de Maria da Glória, ela sentada imóvel numa cadeira, vestindo um costume cinza. O Barão apareceu: vamos viajar, disse, seco. Para onde? – perguntei, e ele, o grosso, o animal: não é da tua conta, cala a boca.

Partiram naquela noite, de trem: no antigo vagão da família. Foram para Porto Alegre, cochichou-me a empregada, assustada.

De manhã, no hospital, recebi a visita do delegado. Interrogou-me a respeito da morte do velho Pedro; interrogou-me de maneira insolente, a tal ponto que tive de colocá-lo em seu devido lugar. Mas, alguma coisa estava acontecendo, eu já havia notado. Por volta do meio-dia, apareceram Afonso e o Doutor Armando – este, carregando sua velha maleta. Vai me desculpar, Felipe – começou Afonso, mas eu o interrompi com um gesto. Tinha entendido muito bem: era a minha vez de fazer as malas.

Não voltei a Porto Alegre. Teria de dar explicações – a meus pais, aos colegas. Seria muito complicado e doloroso. Preferi ficar em Curumins.

Ramão propôs à morena de Curumins viverem juntos. Ela aceitou. Ele deixou a pensão – a dona chorou, na despedida, aquela boa mulher – alugou uma casinha no Passo das Pedras.

A morena de Curumins era quietinha, mas só na aparência. Na cama, um verdadeiro diabo. Era o que Ramão dizia: um diabo, na cama. Tiveram dois filhos, gêmeos. Ramão tinha os retratos deles numa pequena moldura, no painel do carro. Olhava-os, entusiasmava-se, acelerava (apesar da advertência:

Não corra, papai!), dirigindo com perícia no trânsito congestionado do centro da cidade. Quero comprar o meu próprio carro, confidenciava a um passageiro. Quero ter uma casa melhor – a outro. Quero legalizar o meu casamento – a um terceiro, com cara de padre. E a todos: Deus me ajudando, me dando saúde, vou em frente. Deus ajudava. Dor? Há muito tempo não sabia o que era dor. Soltura? Nada de soltura.

A morena é que tinha suas luas. Às vezes saía de casa, desaparecia três ou quatro dias, deixando Ramão quase louco com as crianças. Ela o acalmava: estive em Curumins, dizia, na casa da mãe. Era linda, e Ramão a perdoava: avisa, dizia, outra vez que fores a Curumins.

Curumins era uma cidade bem maior do que Piraí – com indústrias, bancos, supermercados – mas bem mais pobre, cercada de vilas populares.

Hospedei-me num hotel e fui procurar meus colegas de turma, os Fumalli. Me receberam bem, mas quando perguntei sobre as possibilidades de trabalho, não foram muito animadores: isto aqui já foi bom, Felipe, já foi bom. Agora está ruim, está horrível. O Instituto estragou tudo. Todo mundo só consulta no Instituto. E no hospital tu não entras, é do Afonso, conheces o famoso Afonso? E ele só deixa trabalhar lá o pessoal de sua curriola.

O que se vê então é o Doutor Felipe, antes próspero, lutando com dificuldades. A muito custo, consegue arranjar um emprego no Instituto, substituindo um médico recentemente falecido. Lá ele trabalha de manhã. À tarde, atende num modesto consultório, uma salinha em cima de uma farmácia de bairro.

Na agência do Instituto trabalham vários médicos. Às dez horas, se reúnem na sala do cafezinho. Conversam, se queixam do Instituto, que está fazendo deles escravos, terminando com a medicina. Falam do agente que está no andar acima, numa sala envidraçada, olhando para todos os lados, controlando tudo. Este homem que sofre de azia e anda sempre vestido de cinza, este homem que foi abandonado pela própria mãe à porta de um hospital, este homem soturno é definido por eles como um fiscal terrível, implacável, cheio de truques. Uma dele: querendo saber como os segurados do Instituto eram tratados no hospital, disfarçou-se de operário doente; com a cabeça envolta em ataduras e de roupão andava pelos corredores, observando tudo. Um médico o interpelou, de maus modos: tu, quem és? O que estás fazendo, fora da cama? – Sou agente! – gritou, tirando o disfarce, aparecendo de terno e gravata. – O médico recuou, confuso. Outra: disfarçado de pobre, com óculos escuros e apoiado numa muleta vai ao médico perito e pede uma licença – que o doutor concede, sem examiná-lo. Tira os óculos, joga a bengala para o lado e revela-se como agente.

O agente. Observando-o, eu notava-lhe na testa dois tipos de rugas: horizontais e verticais. Evidenciavam as forças contraditórias que o atormentavam, e sobre as quais me falou certa vez, entre risonho e choroso, entre terno e ameaçador. Os médicos me matam, dizia. Gosto dos médicos, precisam deles, mas eles me matam: não cumprem o horário, atendem mal o segurado. Enfiava na boca uma pastilha antiácida: eu sei que o brasileiro é grosso, que tem de ser tratado a pontapés; mas afinal esses coitados também são filhos de Deus, são gente como nós, estamos aqui para servi-los, somos pagos para isso.

Sempre com aquela azia, e tinha medo de consultar o médico, segundo me confidenciou a esposa. Estão doidinhos para botar a mão em mim, ele lhe dizia, querem se vingar. Uma noite acordou gritando. A mulher chamou o médico. Ao vê-lo o agente se agarrou à guarda da cama, disse que só tocavam nele depois de morto. O médico examinou-o à força e à força levou-o para o hospital. Era apendicite. Foi operado e ficou bom.

Os médicos. Nesta agência, são sete, como os anões de Branca de Neve. Cinco são colegas mais antigos, com quem apenas troco cumprimentos. Converso mais com os Fumalli, sempre tristes os dois, sempre queixosos. Sou um boneco, aqui dentro – diz o mais moço, sorvendo um gole do café frio e amargo.

Perfil do médico como boneco. A cabeça é um pequeno balão de borracha, cheio de gás, com uma cara desenhada: olhos arregalados, sorriso fixo, de grandes dentes. Está preso, o balão, ao corpo, por um cordel branco que representa a medula, esta porção tão primitiva do sistema nervoso. Quanto ao corpo propriamente dito, é de madeira, e todo articulado, como o do Pinóquio. Quando entra um segurado, a cabeça-balão afasta-se do corpo e sobe, flutuando, até a altura máxima permitida pelo cordel-medula.

O diálogo do doente é feito exclusivamente com o corpo. O enfermo queixa-se de dor de barriga; a mão do boneco estende-se, automática, toca-lhe o ventre. A barriga endurece: defende-se dos dedos, duros, frios, insensíveis, verdadeiras garras. Não são movidos por cálida curiosidade, os dedos, nem por sabedoria, nem por compreensão, nem por piedade; não podem curar, só podem machucar. A cabeça, lá em cima, sorri; debocha do fraco desempenho do corpo, mas despreza também o doente: quem tem no umbigo um depósito de sujeira nada pode exigir de um médico. Enquanto isto, a mão já está rabiscando a receita. Por curiosidade, a cabeça espia a prescrição. Mal pode conter o riso: quanta bobagem!

A cabeça sonha. Os sonhos da cabeça incluem um consultório magnificamente decorado – móveis de jacarandá, cortinas, quadros, estatuetas. Quanto aos doentes, são gentis, inteligentes, têm a pele sedosa e a roupa de baixo limpa e perfumada.

Uma lágrima cai sobre a receita. O doente se sobressalta; o boneco, não. O boneco é imperturbável.

O Fumalli mais velho se impressiona: é assim mesmo que tu te sentes, mano? Como um boneco? Como um boneco, mano, confirma o outro, e suspira: tu, mano, até quando achas que isto durará? Sei lá – responde o outro. O povo parece que gosta disto. O povo não quer nada. Povo novo, mano. Povo bobo, inexperiente. Com este povo, só a chicote.

À noite eu jogava cartas no clube. E aos domingos ia pescar no rio Curumins. Ficava fora todo o dia; levava meio frango assado, uma garrafa de vinho e um livro: eu estava estudando de novo, coisa que deixara de fazer em Piraí. Punha-me ao par dos recentes avanços na cardiologia. E meditava. Reconhecia os meus erros, a briga com o Professor, e aquilo de Piraí... Nem falar. De Maria da Glória eu soubera, pelo Doutor Silvana, que o Barão a tinha internado numa pequena e discreta clínica psiquiátrica de Porto Alegre. O que me fazia ferver o sangue, me deixava consternado; mas de momento eu estava impossibilitado de agir, manietado por meus próprios equívocos. Agora, tinha de arrumar a vida. Fazia planos... Voltava do passeio corado e bem-disposto.

Um dia encontrei na rua a morena de Curumins. Me disse que tinha abandonado a malandragem, estava casada. Mas não esqueci os amigos, acrescentou, sorrindo. Boa e simples morena de Curumins! Deveria ficar em Curumins quatro dias – enquanto durasse a conjunção de não sabia que astro com não sabia que estrela. Esses quatro dias, passou comigo. Constatei que nada tinha perdido das antigas habilidades.

Depois que a morena de Curumins partiu, foi a vez de Aladino aparecer. Vinha visitar-me. Jantamos na melhor churrascaria de Curumins, eu dizendo que estava tudo bem, que tinha boa clínica, que não me importava de estar separado de minha mulher, porque gostava da vida de solteiro. Aladino, só me olhando. À sobremesa disse que não estava satisfeito com o que via. O Felipe, o Doutor Felipe, um rapaz de talento, perdido numa cidade do interior, sem esposa, longe dos pais, trabalhando no Instituto, num consultório de bairro – não era vida, o que Aladino estava vendo.

Volta para Porto Alegre, me dizia, vem para junto dos teus pais e dos teus amigos, emprega o dinheiro que ganhaste num bom consultório – e vencerás, Felipe, tenha certeza.

Aquela conversa, e uma carta de minha mãe, manchada de lágrimas, me convenceram: pedi demissão do Instituto, entreguei a chave do consultório ao dono da farmácia, empacotei meus livros, fiz minha mala, paguei a conta do hotel – deixando ao dono meu caniço de pescar – e voltei a Porto Alegre.

O sol entra pela porta aberta, bate-lhe em cheio no rosto. Faz um trejeito de desagrado, abre os olhos. Por um instante parece não saber onde está. Depois, com um gemido, levanta-se. Está pálido, cambaleia. Merda, resmunga, esfregando a barriga, não estou me sentindo bem, logo hoje, que é o grande dia.

Me olha:

– Não é o grande dia, hoje?

Não respondo. Deboncha:

– Está brabinho, o doutor. A bicha louca.

Se aproxima, a peixeira na mão. Encolho-me instintivamente. Que idéia!...

– Deita.

Melhor obedecer. Me estiro, nu, no chão.

– De bunda para cima.

Mas o que quer, o bandido? O que está tramando?

– Anda!

Viro-me, deito de bruços.

Abaixa-se. Sempre me olhando, pousa a peixeira sobre minhas nádegas. O frio do metal–

— Sabes que tens uma bundinha boa?, me pergunta, quase carinhoso. Para um doutor, até que é bem boa. Me introduz cuidadosamente a ponta da peixeira entre as nádegas. Pára! – berro, desesperado.

— Pára!

Ri.

— Calma. Não vou te machucar.

Ameaçador:

— Mas posso te machucar, está bom? Posso te machucar. É só tu te meteres a besta, é só tu não fazeres o que eu mando, que eu te enrabo direitinho. Porque–

Interrompe-se, a cara torcida numa careta de dor. Deixa cair a peixeira, dobra-se: ai, que dor, que merda de dor! Será que foi a comida que me fez mal?

Sai porta a fora.

Recomponho-me, trêmulo. Não posso perder a calma, repito a mim mesmo. Não posso perder a calma. Faz de conta que está tudo bem, murmuro. Tudo vai terminar bem. Se Deus quiser, vai tudo terminar bem.

Os velhos me receberam com uma esplêndida lasanha, meu prato favorito. Um banquete, e que alegria! Eu tomava muito vinho, eu brindava, eu ria por nada, enquanto eles enxugavam as lágrimas. Lágrimas de satisfação, dizia meu pai, nada perguntando sobre o amuleto, como se tivesse esquecido o assunto – amor paterno ou caduquice, não me importava, eu estava com eles, eu me sentia feliz. Como uma esponja me embebia do afeto deles, aquele rico suco de ternos emigrantes.

Fiquei dois dias em casa, descansando, me refazendo. Mas no terceiro dia me vesti e saí. Estava na hora de me pôr a campo. De reconhecer o terreno. De ver como estava o mercado de trabalho.

Dia bonito, de verão. Fui a pé até o centro. Cheguei à Rua da Praia. Postei-me num bom ponto, próximo a uma esquina. Banhado pela deliciosa corrente de ar condicionado que fluía da Casa Masson, eu a tudo observava, com olhos bem atentos. E o que via? Não me agradava, o que via.

Em primeiro lugar, altos edifícios – cheios de consultórios. Quantos médicos haveria ali? Em segundo lugar, quantos médicos estariam ocultos na multidão que passava por mim? Muitos eu conhecia: médicos. Outros eu não conhecia mas talvez fossem também doutores. Não usavam maletas, mas pastas comuns, não escondem às vezes estetoscópios? E bolsos amplos? E sacolas de compras? O senhor é médico?, perguntava um engraxate a um homem de sapatos pretos. Sou médico, respondia o homem, pagando e se afastando. Uma senhora que saía de uma loja tinha o ar completo de médica. Quanto ao jovem no carro estacionado: médico (decalcomania com cruz vermelha no pára-brisa).

Passava um avião. Quantos médicos levaria? Estariam de passagem para lugares distantes – ou se preparando para desembarcar? E neste caso, teriam vindo para um congresso, ou para se estabelecer? Colecistite, murmurou alguém atrás de mim. Virei-me rapidamente: ninguém.

Muitos médicos, muitos concorrentes em

potencial – e contudo, eu me sentia otimista. O engraxate estava agora aos meus pés. Se quisesse, pagava cem graxas, ficava com os sapatos ofuscando, de reluzentes; tinha dinheiro para isto e para muita coisa mais. Por outro lado, o céu sobre minha cabeça estava azul; passavam algumas nuvenzinhas, mas já nenhuma aeronave. Aluga-se, diziam cartazes em edifícios: lugar para o consultório não me faltaria. E quando a sinaleira da Borges abriu, muitas das pessoas que avançaram em minha direção tinham um ar indiscutivelmente doentio: olhavam, ansiosas, a maleta que eu segurava.

Era uma boa maleta. As bordas, gastas, davam testemunho de experiência cumulada. Continha instrumentos que eu sabia usar bem; um receituário, com meu nome, e o meu número no Conselho Regional de Medicina e no Cadastro das Pessoas Físicas: a lei, a meu lado. Uma maleta como aquela era mais que uma credencial, era uma verdadeira estrela-guia. Tudo que eu tinha de fazer era segui-la como os radiestesistas ao pêndulo: me levaria, sem errar, aos pacientes.

Não, eu não tinha por que temer. Aos trinta anos, com quatro de formado, experiência em pesquisa e a vivência do interior, me sentia pronto para um bom combate. Fazia meus planos: abrirei um consultório – no início clínica geral – ao mesmo tempo, estágio em serviço de cardiologia – e, quando menos esperarem, estourarei com uma clínica cardiológica bem aparelhada, com arquivo, secretária, música ambiental, tudo!

O engraxate esfregava meus sapatos com um pano sujo. Quem é que tinha mandado? Ninguém. Mas não fiquei zangado. Admirei aquele espírito de iniciativa, tomei-o como um exemplo a seguir.

Encorajado pela mulher, Ramão resolveu tentar o que considerava o grande lance de sua vida: fez uma proposta de compra ao dono do táxi. O homem vacilou, disse que estava velho, mas que não queria parar de trabalhar. Ramão insistiu, ofereceu uma quantia absurda, a ser paga em altas prestações – com o que o homem cedeu. Na hora de fechar o negócio, Ramão teve medo; mas, pensou, Deus há de ajudar. Saiu pela rua feliz, buzinando e abanando para os outros motoristas de táxi.

Aluguei um consultório na Rua da Praia. O edifício era bom, quase que só de médicos; ali estavam, entre outros, Zé Gomes – agora psiquiatra, e Jurandir, cirurgião de tórax. Meu andar era alto; o aluguel, idem. Os móveis eram de dois tipos: de jacarandá, sóbrios e imponentes, os meus; de acrílico, alegres e funcionais, os da secretária. Nas paredes, reproduções de pintores renascentistas, presentes de Aladino. Coisas bonitas; repousantes, sem serem melancólicas; sem serem pornográficas, um pouco eróticas. Os janelões guarnecidos de pesadas cortinas davam para uma ampla paisagem: o rio, com suas barcaças, os morros, o edifício; no décimo andar do edifício, uma sala; e na sala, o Doutor Felipe, esperando os pacientes.

Perfil do médico à espera de pacientes. Sentado, ereto, olhando a porta fechada. As mãos sobre a mesa. Os punhos fechados. A alguns centímetros da mão esquerda, o estetoscópio. A alguns centímetros da mão direita, uma esferográfica de ouro e o receituário.

Veste um avental imaculadamente branco. Sob este, camisa de linho, igualmente branca. Punhos duplos, com abotoaduras de ouro. Gravata vermelha com florões azuis.

À exceção das excursões respiratórias e de um ocasional movimento do pomo-de-adão (gerado pelo ato de deglutir em seco), a figura está imóvel. No rosto, e bem de perto: os pêlos da barba. Talados pela manhã, em lento e contínuo crescimento durante o dia, agora, às três da tarde, são bem visíveis. Seres minúsculos, da estirpe do piolho, se depositados sobre a pele do queixo, teriam a impressão de se achar entre hastes escuras de grandes plantas. Seres minúsculos.

A boca, de lábios finos, está firmemente fechada. O nariz é do tipo conhecido como romano. Na expressão do olhar, entram vários componentes: otimismo, apreensão, desalento, entusiasmo, ansiedade, distribuindo-se igualmente pelos dois olhos. As pupilas estão dilatadas, recebem muita luz, mas pouca imagem; muita impressão, mas pouca informação; muito conjunto, mas pouco detalhe. As pálpebras piscam, ocasionalmente.

Batidas à porta. Estremece, recompõe-se:

– Pode entrar.

É a secretária. Moça de estatura média, rosto redondo e simpático, belos dentes e razoável inteligência, a secretária entra sorrindo, trazendo uma bandeja com um copo de refresco. Ao mesmo tempo, anuncia a chegada de três pessoas: o representante de um laboratório farmacêutico, um vendedor de livros e um cobrador.

Atende-os sem pressa. Palestra com o rapaz do laboratório, informa-se sobre novos produtos. Promete ao vendedor de livros estudar o prospecto que lhe é oferecido, sem compromisso. Ao cobrador, paga. E consulta o relógio: é hora do passeio pela Rua da Praia.

És a minha primeira passageira, disse Ramão à morena de Curumins. Meteu-a no carro, junto com as crianças, e saiu para um passeio. Longo: pelas praias do Guaíba, pelos morros. O taxímetro marcava fortunas – que marcasse! O carro agora era dele. A mulher se inquietava: como é que vamos pagar as prestações, Ramão? Deixa por minha conta, ele respondia, correndo pela Ipiranga, cortando a frente de um, de outro.

Muita gente no centro. Moda – abril – a de meia-estação. Operários escavam o leito da rua. O que procuram é objeto de conjeturas de transeuntes – entre eles, o Doutor Felipe, curioso: o que é que houve? O que é que há?

De um vendedor ambulante compra uma pequena maçã. Examina-a, admira a epiderme perfeita na *manzana*. Guarda-a na maleta para comê-la mais tarde.

Pára diante de uma loja de lustres. Grandes globos de acrílico, suspensos do teto, emitem uma claridade suave. Cromados reluzem; entre vidros e metais, está o dono, um homem pequeno e calvo, que sorri para Felipe: às suas ordens, doutor. O diálogo que se inicia é logo interrompido: alguém bate no braço do Doutor Felipe.

Um pobre. Um velho. Usa a mão direita, deformada e atrofiada para cutucar o médico – no braço – no peito – na barriga. Num impulso, o Doutor Felipe abre a maleta e oferece-lhe a maçã. Recusa, o velho; quer dinheiro, quer ter o poder de decidir se vai comprar maçã ou laranja. É uma verdadeira praga, essa gente, diz o dono da loja. Felipe concorda e se afasta.

Pára mais adiante, diante de uma casa que liquida sapatos. Oferecem botas de couro trabalhado a baixo preço. *Loucuras de Outono* – diz um cartaz na vitrina. Loucuras mesmo, parece a Felipe.

Um pobre bate-lhe na perna, um rapaz moreno, inválido, que se desloca no solo mediante um curioso movimento de reptação. Felipe dá-lhe uma moeda. Outros transeuntes, sem paciência, afastavam o mendigo com um golpe seco de perna. Prosseguindo, o Doutor Felipe se detém diante de uma loja da Loteria Esportiva. Mas não pretende apostar. Está por fora; nada sabe dos jogos do fim de semana, dos preparativos, dos esquemas defensivos. O caso é ir adiante, e ele vai. Entra numa galeria. Uma loja de caça e pesca atrai-o pela diversidade de formas e tamanhos dos revólveres e facas expostos. Coisa muito necessária, pensa, lembrando as manchetes dos jornais; mas de momento tem outras necessidades, de modo que segue adiante. Na loja ao lado, artigos japoneses, os mais variados e engenhosos. Na realidade, a galeria é todo um mundo de maravilhas: aqui discos e fitas, ali máquinas fotográficas, lanternas a pilha, bijuterias. Nas lanchonetes, a laranjada jorra em grandes depósitos plásticos... Emerge dali maravilhado.

Outras ruas não são tão ricas. Lojas de armarinho, confecções. Distribuidoras de material eletrônico, oferecendo bobinas, potenciômetros.

No Caminho Novo, bate-lhe às costas um pobre. Um guri, pendurado das grades de uma janela, a quase dois metros do chão. O que faz um pobre a tal altura? Volta à Rua da Praia. Examina as vitrinas da trinca famosa: Kirk, Taft, Bier. Kirk apresenta-se bem sortida e agrada pelo interior de mansão antiga; contudo, Taft parece ter preços mais convenientes.

Desce até a Avenida Mauá, caminha ao longo do cais, olhando os mastros dos cargueiros. Belos navios. Necessitarão médicos de bordo, ali?

Vai em direção à Ponta da Cadeia, observando os velhos casarões: quartos separados por tabiques de madeira, lâmpadas pendendo da extremidade de fios descascados. Terão médico, as famílias que ali residem?

Entra numa igreja, não para rezar; para olhar. Velas, imagens, uma anciã de preto sentada diante do altar. O quadro fixado na retina, sai, picando para a tarde clara.

Entra num bar, pede uma Coca-Cola.

A visão da esguia garrafa, com seu conteúdo cor-de-âmbar, proporciona-lhe uma estranha emoção. Estremece; agarra-se a ela com as duas mãos, como a uma tábua de salvação. O frio e a umidade penetram-lhe a pele, propagam-se pelos nervos. Defervescência, acalmia. Com licença, diz o garçom, e faz saltar a tampa – com a mão? Não, com o abridor que tem escondido na palma; ao olho de Felipe pareceu, por um instante, coisa mágica. Contudo, não lhe passa despercebida a pequena nuvem que se evola do gargalo, a estranha forma que assume. Ergue a garrafa à altura da boca, aplica os lábios ao gargalo e, inclinando a cabeça para trás, bebe aos longos goles, os olhos fechados. A torrente viva e fervilhante descendo pela garganta, em que pensa? Com que sonha? Em ser o médico do Duque, como o feiticeiro da Calábria? Com palácios, caleches, criados de libré, sobrecasacas de veludo, amantes lânguidas? Aperta mais forte a garrafa; inútil, a visão se desfaz assim que o líquido termina – eram uns poucos mililitros. Abre os olhos, coloca a garrafa vazia sobre o balcão. Resta-lhe um estômago cheio de gás – será o suficiente para fazê-lo ascender? Não crê. Arrota discretamente.

(Esta excursão pelo centro da cidade é sagrada, independe até das condições do tempo. Se faz sol, caminho sob o sol; se chove, vou de guarda-chuva, mas vou, avançando lentamente, esbarrando ora num, ora noutro transeunte, pisando em poças d'água. Nos subúrbios, a água cantarola em beirais antigos. O rio, inquieto, lança pequenas ondas contra as pedras do cais.)

Por que caminha, o Doutor Felipe, na chuva? Por que precisa suportar o desconforto dos pés úmidos e da bexiga cheia de líquido ardente? Por que não fica em seu consultório, sentado na cadeira de espaldar alto, observando com satisfação a secretária vertendo chá numa xícara de porcelana, enquanto ela, a secretária, anuncia que há três pacientes na sala de espera?

Porque não há três pacientes na sala de espera. Não há nenhum paciente. Não há elegante senhora de meia-idade, nem jovem universitária, nem velho coronel.

Pena. Fazem falta os três pacientes. Especialmente o velho coronel.

O velho é muito limpo. Cabelos brancos cuidadosamente penteados, óculos de aro dourado, terno de corte antigo, camisa branca de colarinho duro, gravata cor-de-vinho com alfinete de pérola, colete e bengala com castão de prata dão a este homem toda a dignidade que deve ter um paciente na sala de espera.

Mais. Introduzido pela secretária no consultório, o velho coronel se apresenta, senta-se, e, solicitado a dizer o que o traz à consulta, relata suas queixas pausadamente, em tom baixo, as ressonâncias de sua voz harmonizadas ao canto da chuva nas calhas. Este paciente é convidado a despir-se e a deitar-se. E examinado; achados interessantes se fazem evidentes, tanto no tórax como no abdome. Rico de dados, o Doutor Felipe volta à sua cadeira. Durante alguns minutos fica em silêncio, sob o olhar respeitoso do paciente; medita, o Doutor. Medita fecundo, vive com toda a intensidade a aventura do diagnóstico.

É o único ator no palco; a força do drama – que envolve vida, que envolve morte – não se reflete na impassibilidade de sua face, que apenas uma discreta ruga na testa compromete. Os ruídos de fundo – o tamborilar da chuva, o dorido lamento da buzina de um velho Oldsmobile preso no tráfego, a voz abafada da secretária atendendo ao telefone, tudo isto reforça a tensão da cena: como o rufar de tambores antes do salto decisivo do trapezista.

Fala. Enuncia o diagnóstico, prescreve o tratamento. Sua voz calma e firme espanta os espectros. Os castelos do medo se esboroam, desabam como por encanto. Confortado, a face iluminada por um pálido sorriso, o velho escuta com atenção as palavras de seu médico, despede-se, agradecido, paga à secretária e se vai. Consultório em dia de chuva: poderia ser muito bom.

Mas eu caminhava na chuva.

Ramão tendo comprado o táxi, choveu quase um mês inteiro. Por um lado era bom, ele pegava muito passageiro; mas por outro lado, o trânsito estava horrível, a cidade toda esburacada, os carros não andavam. Ramão se impacientava, buzinava, golpeava o volante, dizia palavrões, desagradando os passageiros; não lhe davam gorjeta, alguns até mandavam parar e desciam, ofendidos. Em casa brigava com a mulher. Os filhos choravam, assustados, ele saía batendo a porta.

Está mal, o Doutor Felipe, está debaixo de mau tempo. Mas uma coisa deve ser dita: ele luta. Ele não choraminga, não pede socorro. Nada disto. Acorda pula da cama, toma banho, se barbeia, se veste com esmero; toma um bom café, conversa com os pais, pega a maleta e sai.

Vai para o serviço do Professor, com o qual se reconciliou, depois de pedir desculpas pelo incidente do biotério. Ali faz um estágio voluntário: examina pacientes, olha radiografias, interpreta eletrocardiogramas. Duas vezes por semana, vai à biblioteca da Faculdade, estudar. (É lá que encontra, num velho livro de história da medicina, referências a um personagem que bem pode ser o feiticeiro da Calábria: um alquimista italiano, autor de uma única obra, *Pugna inter Manum et Oculum,* curiosa mistura de observações clínicas e aforismas supersticiosos; acusado de tentar influenciar o Duque por artes mágicas, fora condenado à fogueira. Disto, o Doutor Felipe nada conta ao pai, homem inválido, que chora facilmente.)

Era bom estudar. Era bom folhear livros bem encadernados, de páginas acetinadas; era bom olhar as fotografias coloridas, os belos gráficos. E era bom trocar idéias com os colegas do serviço, e ouvir os ensinamentos do Professor, não inferiores em sabedoria aos de Feldstein.

A manhã assim se escoa suave; a manhã tem ouro na boca.

A tarde é azeda. A tarde é hostil. Entrando no consultório, vendo a sala de espera vazia; perguntando à secretaria se alguém telefonou e recebendo a constrangida negativa da moça (que ao mesmo tempo parece culpada – de não haver pacientes? – ou receosa – teme um avanço, a cretina?), assim começa, para o Felipe, uma tarde que destila lenta os seus venenos. É um alívio, quando chega a hora de fechar o consultório. A secretária baixa as persianas, apaga as luzes. O Doutor Felipe suspira, apanha a maleta e volta para casa.

Até quando, esta rotina? – pergunta-se. Lê no jornal que Afonso está inaugurando um hospital em Porto Alegre. E se lhe pedisse emprego? Por que não? Por que não pode pedir emprego ao homem de branco?

A dívida com o dono do carro e as despesas da casa comiam todo o dinheiro que entrava do táxi. Ramão não sabia o que fazer; trabalhava quatorze, dezesseis horas por dia, não tinha sábado, nem domingo. Reclamava da mulher: tu gastas demais, assim não dá. Constrangida, a morena de Curumins economizava como podia, cortava até na comida. E mesmo assim não dava.

E um dia ela apareceu no consultório, a morena de Curumins. Veio no fim da tarde. Tem uma mulher aí, disse a secretária, numa voz cheia de suspeitas (estava na hora de mandar embora a cretina, concluí). Faz ela entrar, eu disse, e ali estava a morena, um pouco fanada, desmazelada, mas sorridente como da primeira vez que eu a tinha visto. Como é que me descobriste aqui? – perguntei, esperançado (estaria se formando uma clientela em potencial?). Entrei por casualidade neste edifício, disse, vi teu nome no indicador, subi.

Pediu licença, levantou-se, chaveou a porta; voltou já desabotoando a blusa. Nos deitamos ali mesmo, na mesa de exames. Mas não foi bom como da primeira vez. Me parecia tensa, ela, ansiosa.

Vestiu-se, contou que estava casada, com dois filhos. Gêmeos, acrescentou, e de súbito:

– Tens uma grana para mim?

– A vida anda apertada? – perguntei, rindo. Suspirou: e como, Felipe! E como!

A minha vida também anda apertada, tive vontade de dizer. A minha vida, morena de Curumins, não toma jeito. Mas não disse nada. Dei-lhe o que tinha no bolso.

Tão logo saiu, deu-me uma súbita suspeita. Corri à porta e, de fato, lá estava ela, tocando a campainha do consultório do Jurandir, bem em frente ao meu. A moça parece que gosta de doutores, disse a secretária, atrás de mim. Não respondi. Voltei a minha sala, tranquei-me lá dentro.

Volta o seqüestrador.

Pálido, cada vez mais pálido. Vomitei, diz numa voz trêmula, estou com soltura, é pura água fedorenta.

É verdade. Sinto o cheiro.

O que será isto, pergunta-se, inquieto. O que será isto? – me pergunta. Não respondo. Olho-o, apenas.

Aproxima-se:

– Estou falando contigo! Te perguntei o que será isto que eu tenho?

– Não sei – respondo, numa voz surda, que até a mim surpreende: é mais raiva que medo.

– Mas tu não és médico? Responde, tu não és médico?

Me aponta o revólver:

– Vais me examinar.

Eu, sentado, ele deita perto de mim. O revólver sempre na mão direita, com a esquerda afrouxa o cinto, abre as calças.

– Anda. Me examina.

Subitamente impaciente, agarra-me os punhos, força-me a colocar as mãos sobre seu ventre. Está distendido, mesmo. E o suor poreja-lhe da testa.

– Me examina! Mete os dedos na minha barriga!

Os dedos não lhe obedecem. E acho que não obedecem nem a mim. A mão permanece imóvel, semifletida, pousada naquele ventre como um bicho morto.

– Me examina, porra! Seu doutor de merda, me examina!

Inúteis, os gritos. Se põe dificultosamente de pé, me olha, desvairado.

– Não te mato – balbucia – por causa do milhão. Não fosse pelo dinheiro, já estavas boiando no rio.

Cambaleando, vai até a porta. Volta-se:

– Mas não pensa que eu dependo de ti. Não sou trouxa, meu. Sei me virar.

Me aponta o dedo trêmulo:

– Vou sair. Vou dar um jeito neste troço. Mas vê lá, hem? Não tenta bancar o espertinho.

Sai. Ouço o ronco do motor. Onde é que ele vai, de carro?

No dia seguinte, Aladino aparece no consultório. Silencioso como sempre, senta (ele, a mesa de jacarandá, eu, nesta ordem), pousa a pasta no chão, sorri:

– Fazia tempo que a gente não se via, Felipe.
– Um bom tempo, Aladino.
– Uns três meses, acho.
– Mais.
– Mais?
– Mais. Mais, sim. Muito mais.
– No duro?
– No duro, Aladino.
– Olha que eu não diria tanto.
– Mas eu sei. É mais, sim.
Suspira.
– Bom, então é mais. Ando meio esquecido. É da idade.
– Bobagem, Aladino. Não és tão velho assim. Que idade tens?
– Vou para os sessenta e dois.
– Então? Guri novo.
Ri:
– Que nada, doutor.
Silêncio. Silêncio incômodo. Olha ao redor:
– Está bonzinho, o consultório.
– É, bem ajeitado. Dá para quebrar o galho.
– E o movimento?

– Não dá para a gente se queixar. – E acrescento, rápido: – Hoje é que não sei o que houve. Tinha três pacientes marcados, nenhum apareceu. Será que é o tráfego? Tu que vieste aí de fora, Aladino – como é que está o tráfego? Muito amarrado?

Espicha o lábio inferior:

– Não sei... Não notei que estivesse amarrado. – Corrige-se: – Bom, às vezes está fácil aqui no centro e engarrafado no túnel, ou na Farrapos. De onde é que vinham teus pacientes? Da Farrapos?

– É. Da Farrapos. Acho que da Farrapos. Um, é certo, da Farrapos. O outro... Da Farrapos, também, quase certo. O outro, não me lembro. Parece que da Farrapos também. Não sei. Não me lembro.

– Se vinham da Farrapos, podes esperar até amanhã. Parece que deu um acidente na Farrapos. Está tudo trancado por lá.

– Outro acidente?

– Parece.

– Tem dado muito acidente.

– Muito. Coisa de louco.

Ri, mostrando os dentes manchados de fumo:

– Teus colegas traumatologistas é que devem estar faturando.

– É mesmo.

Nova pausa, ele com os olhos baixos.

De súbito, torna a me olhar. Fixo: agora é para valer. Querem a verdade, aqueles olhos, aquelas íris guarnecidas pelo anel branco da velhice, aquelas pupilas dilatadas, aquelas pálpebras algo empapuçadas.

– Estás magro, Felipe.

Sugere que eu esteja passando fome? Me imagina assim tão mal de vida? Muito bem, Aladino. Guerra é guerra. Também sei varar as pessoas com o olhar, também conheço frases que são petardos. É o doutor que vai te falar, e tu conheces o peso das palavras de um doutor.

– Tu é que estás magro, Aladino.

Não se aterroriza, não se alarma, sequer fica sério: sorri. Para meu desconcerto, sorri.

– Eu sei. Perdi quatro quilos no mês passado. Estou doente.

Doente?

Claro. Claro que está doente. Como não reconheci antes? Está doente. Fala de longe, de bem longe, já. Voz de chuva em beirais de distantes casas de subúrbio. Doente.

Minha voz, quando consigo responder, sai esganiçada, descontrolada; um malcontido falsete.

– Bobagem, Aladino. Nunca te vi tão bem.

Ele então só tem de abrir a pasta e tirar um grande envelope de radiografias.

– Estas são as últimas.

Pego o envelope, mas ele não o solta imediatamente. Por uma fração de segundo, ficamos os três unidos, ele, o envelope, e eu, nesta ordem.

Faço o que tenho de fazer, o que compete fazer a quem senta neste lado da mesa e usa avental branco. Abro o envelope, tiro as radiografias, coloco-as no negatoscópio a meu lado. Apertando um botão, produzo uma luz azulada, lunar. A esta luz, examino as sombras que certos raios, passando pelo tórax magro de Aladino, deixaram no filme. Enquanto isto, murmuro coisas, como se falasse para mim mesmo, mas falando para Aladino – não, na realidade é para mim, para me dizer algo, para ouvir a voz de alguém são: *esta é de frente... esta é de perfil.* Olho ora uma, ora outra, ora em cima, ora em baixo. Minto: o meio da pupila olha a chapa, mas o canto da pupila é para Aladino, para o rosto impassível de Aladino, para as sombras que a luz cria em seu crânio, para a caveira que espreita por sob os cabelos ralos, sob a pele enrugada, sob os olhos encovados. É câncer. Um grande tumor no pulmão direito. Já sabe? Ainda não sabe? Tenho de lhe dizer? Tenho de consolá-lo? Tenho de me abraçar a ele, chorando? O que é que tenho de fazer?

Me poupa, o Aladino, o doente:

– Estou em tratamento com um colega teu, o Jurandir; aliás, acabei de sair de lá. É bom, ele, muito bom. Estou satisfeito.

Está satisfeito! E eu, como estou? Satisfeito? Por ele estar satisfeito? Por estar eu vivo, mesmo na merda?

Consulta o relógio, me olha, seu rosto muito sereno:

– Vamos tomar um chope?

– Boa idéia, Aladino! – Quase salto da cadeira. – Boa idéia! – Arrancando de mim o avental. – Muito boa, mesmo! – Vestindo o casaco. – Os pacientes que se fodam! Azar de quem não veio até agora!

E logo nós no elevador; logo nós na rua, caminhando lado a lado, Batman e Robin, ele cumprimentando os amigos dele, eu os meus, nós às vezes cumprimentando o mesmo amigo.

O bar é tranqüilo, sombrio. Sentamos, penduramos os casacos nos cabides da parede – é um antigo bar, ainda tem cabides. Aladino pousa a pasta, chama o garçom, pede chopes e sanduíches abertos.

– Para que os sanduíches, Aladino?
– É bom, rapaz. Vais gostar.
– Mas eu não estou com fome. Só se for para ti.
– Não, é para ti.
– Mas eu não estou com fome, Aladino. – A discussão começa a me inquietar.
– É bom, o sanduíche daqui.
– Eu sei que é bom, mas é que eu–
– É bom. Vais gostar.

Por que esta insistência? O que está havendo por trás disto? Calma, Felipe. O próprio Aladino já está ajeitando: traz um sanduíche só, ele diz ao garçom, nós vamos rachar.

Vêm os chopes e o sanduíche, dividido em pequenas porções. Que faz o Aladino? Pega a mostarda e espalha pelo sanduíche todo. Não pergunta ao doutor se gosta ou não. Espalha, simplesmente. Aquilo meio que me revolta: que direito tem Aladino de controlar o meu gosto? Só porque está doente? Só porque vai morrer?

– Saúde – diz Aladino, levantando o copo.
– Saúde.

Começamos a comer em silêncio.

Aladino está sendo voraz. Para cada pedaço que pego, ele come dois. Além disto, escolhe os melhores:

ovo para ele, cenoura para mim; lombinho para ele, salame para mim. Não deveria ter um pouco mais de modos nesta que pode ser a última ceia, nesta refeição que compartilha com um doutor?

Os copos estão vazios. No prato, migalhas, dois palitos sujos, dois guardanapos de papel amassados. Aladino com o olhar perdido; eu, diante dele, olhando os copos, as migalhas no prato – e a mosca que ali passeia, tocando com a pequena tromba ora um farelo de pão, ora um pedacinho de queijo, mas jamais se aproximando da gotícula amarela de mostarda. Silêncio, no bar sombrio, onde somos os únicos fregueses. Silêncio de nave espacial. É Aladino quem fala primeiro:

– Vamos Felipe?

– Vamos.

Estende a mão para pegar a carteira no casaco. Seguro-lhe o braço:

– Deixa-me para mim, Aladino.

– Absolutamente. – Sorri: – Fui eu quem convidou.

– E o que tem isto, Aladino? Não amola.

– Não amola tu. Garçom!

Vem o garçom, calvo, gordinho, com seu casaco branco e sua gravata-borboleta.

– Desconta daqui – Aladino estende uma nota.

– Não cobra dele, garçom! – grito, sacando minha carteira do casaco. – Cobra de mim!

– Está aqui, garçom! – Aladino, agitando o dinheiro.

– Aqui, garçom! – berro. – Aqui, tenho trocado!

– Não cobra dele, garçom – Aladino, levantando-se. – Cobra de mim!

– De mim! De mim!

– De mim!

– De mim!

O garçom hesita, um sorriso alvar na cara redonda, um pouco assustada.

– De mim!

– Não amola!

Lutamos. Puxo o braço de Aladino, braço de doente, braço descarnado, mas ainda vigoroso: resiste, o danado. Fatigado, cede um pouco; mas logo se recupera, levantando o dinheiro no ar como uma bandeira.

De repente paramos, nos olhamos. Ódio e dor, em nossos olhos: quem paga sou eu, tu és um médico fracassado – não, sou eu quem pago, tu já estas com um pé na cova.

O braço de Aladino afrouxa, ele se encolhe, pequeno e desprotegido, um feto velho. Murmura, com voz rouca:

– Então dividimos.

– Dividimos – digo, exausto.

O garçom recebe o dinheiro, visivelmente aliviado. Aladino apanha a pasta, levantamo-nos, vestimos os casacos. Ele tira do bolso umas poucas moedas, as deixa na mesa, sorrindo para mim, sorrindo triste. E já nós saindo, nós na zoeira da rua, nós piscando ao sol forte. Nós nos despedimos, nos apertamos as mãos, nos separamos. Um sobe a rua, outro desce. Volto ao consultório.

O sol a pino, o calor aqui dentro é insuportável. Mesmo nu, suo profuso; as moscas me atormentam. E agora me inquieto: onde é que se meteu o homem, o seqüestrador?

De repente, o ronco do motor, seguido de um baque surdo: chegou, vejo pela porta, jogou o carro (de propósito?) de encontro a uma árvore. Está sentado, imóvel, a boca entreaberta. Abre a porta e desce – não, escorrega – para fora. Vem cambaleando; traz, com esforço, um balaio. Entra.

Seu aspecto piorou muito; é até surpreendente que consiga ficar de pé, que consiga falar.

– Trouxe uns remédios – diz, a voz fraca, enrouquecida. E ante meu espanto: – São da farmácia de Piraí. Foi fácil, arrombei a porta de trás. Não havia ninguém lá, nem na rua, foi fácil.

Mostra o balaio, cheio de remédios.

– Escolhe aí o que eu tenho de tomar.

Meu primeiro impulso é responder com um palavrão. Mas a hora não é de guerra aberta, a hora é de astúcia, de diplomacia. Explico que não posso indicar um medicamento sem fazer exames, radiografias. Um remédio errado, argumento, pode piorar a situação. Me olha, incrédulo – e ansioso, desesperado, quase.

– Nada de exames. Quero um remédio. Estou ruim. Anda, escolhe.

Não posso, digo, calmo mas firme.

Pega um vidro de xarope para a tosse.

– Este aqui, serve?

– Não sei.

– Ah, é, palhaço? – grita. – Então eu vou resolver o caso à minha moda.

Tira a tampa do frasco, leva-o à boca, engole o conteúdo todo, o líquido escuro escorrendo-lhe pelo queixo. Terminando, atira o vidro pela janela, ofegante. Pega um outro vidro, este de vitaminas, toma-o também. O olhar desvairado abre mais vidros, de gotas, de xaropes, toma tudo. Pílulas, cápsulas, come-as aos punhados. Dá-lhe uma súbita fraqueza, se ajoelha.

– Me diz! – Um berro fraco, de animal moribundo.

Vira no chão o conteúdo do balaio. Com o cabo do revólver quebra os vidros, as ampolas. Os líquidos e os pós se misturam, formam uma pasta multicolorida, de cheiro penetrante. Desta massa ele come a mancheias, o olhar já vidrado.

Fica algum tempo ajoelhado, imóvel. E aí tomba de borco.

Sentado no consultório, sozinho – a secretária já foi – penso no pobre Aladino. E é pensando no Aladino que, de repente, me dá uma dor no peito. Um aperto, uma coisa ruim. Que é isto? – interrogo-me assustado. – É o coração, isto?

Só o que me faltava, penso, era morrer. Ainda não fiz nada de útil, ainda não arrumei minha vida – e já tenho de ir? Ai, malvado coração. Não se importa com o futuro, com os bons propósitos. Se tem de parar, pára mesmo. Já está falhando.

Olha o Doutor Felipe morrendo.

As pálpebras caem, velando o olhar já vazio. Pálido, suando frio, tenta levantar-se mas não consegue. Tomba de bruços sobre a mesa, na poça de luz criada por um raio de sol que entra pela cortina entreaberta. Mergulhado na difusa claridade amarelada, gira-lhe no cérebro um turbilhão: que fazer? Que fazer para não morrer? Gritar por socorro? E quem ouvirá? O feiticeiro da Calábria? Deus? Tupã?

Ainda pode lutar. Ainda é médico.

A mão direita avança, tateando, sobre a mesa. A mão exangue sobre o tampo escuro, o que procura? Já achou: o bisturi.

Está ali por acaso, o bisturi, já que seu lugar é no armário de instrumentos. Ou, não está ali por acaso; está ali porque ali deveria estar, num ponto que é a intersecção de misteriosos desígnios: a intuição do médico, a vontade divina, outros.

Não há tempo para especulações. Enquanto a mão direita empunha o bisturi, a mão esquerda tenta abrir o avental. Uma sorte: um botão se desprende. Um azar: a cadeira giratória vira, o Doutor Felipe vai ao chão. Outra sorte: cai de costas, o avental aberto, o peito amplamente exposto. Outra sorte: não deixou cair o bisturi. Bom. Deitado, sente-se levemente recuperado, mas não se engana: sabe que a melhora é transitória. É preciso agir, e rápido, enquanto há tempo. E ele fará o que tem de ser feito.

Apóia a ponta do bisturi no tórax. Hesita um segundo antes de fazer a incisão. Vamos lá, vamos lá, dedos! A mão obedece, crava o bisturi entre as costelas, a lâmina penetra em carnes amortecidas –

lancinante, mesmo assim, a dor; mas necessária. Corta mais, entra mais fundo, abre amplamente a cavidade. Deixa o bisturi de lado, introduz os dedos já frios e dormentes no tórax. Está quente e úmido, lá dentro: ainda há vida, ali!

As pontas dos dedos tocam o coração. Flácido, já, estremece de quando em quando como um passarinho moribundo. É o fim?

Não. O Doutor Felipe não permitirá este fim. Os dedos salvadores envolvem o coração, comprimem-no, num derradeiro esforço. Uma onda revigorante de sangue chega ao cérebro, às vísceras, aos músculos. Ah! Que deliciosa sensação! Reanimado, aperta de novo, e de novo, e de novo, e continua apertando, cinqüenta vezes por minuto. O sangue circula agora por todo o corpo, ativo, férvido. Um sorriso se esboça na face ainda pálida: sente cócegas, o Doutor Felipe. A vida lhe faz cócegas. Uma nuvem de mosquitinhos travessos pica-o – sem parar. Os danadinhos. Querem que ele levante e ande. Levanta-se, apoiando-se na mesa – com a mão esquerda, porque a direita massageia sem parar.

De pé, sente-se melhor do que poderia imaginar. Um pouco tonto; mas consegue caminhar. A mão mergulhada no tórax, sempre massageando, o Doutor Felipe sai do consultório. Vê-se no espelho da entrada: a mão enterrada na enorme ferida do tórax, e sangue no cabelo, no rosto, na roupa. Assusta-se: sou eu, este aí? É. Mas não pode perder tempo com aparências. Toma o elevador, tranqüiliza a aterrorizada ascensorista, pede apenas que desça direto, sem parar.

No térreo as pessoas que esperam o elevador recuam, diante do homem com o tórax aberto. O Doutor Felipe explica rapidamente o que está acontecendo, pede que providenciem socorro para a senhora e sai para a rua, cheia de gente.

A princípio, não chama a atenção das pessoas. Mas logo alguém dá um grito de pavor, e uma multidão se forma à sua volta, bloqueando-lhe os passos. O que é que houve, perguntam, o que é que há? Felipe resume o ocorrido para os mais próximos e segue em frente, acompanhado pela multidão, que comenta excitada o fato, uns dizendo que foi do coração mesmo, outros achando que pode ter sido crime, punhalada de amante, outros se inclinando mais por acidente, com vidro, talvez. Diante das Lojas Americanas ele tem uma vertigem, pára; o povo detém-se, na expectativa; ele se recupera, continua. Torna a parar na esquina da Borges: o sinal está vermelho. Ao vê-lo, o guarda apita, muda para o amarelo. De um carro desce um homem, vem correndo: é médico, quer levar o Doutor Felipe para o hospital. Felipe recusa, não quer sujar o carro, o colega reluta em deixá-lo; opta por acompanhá-lo. Toma-o pelo braço – justamente o que massageia (mas é forte, este braço, pensa Felipe, mesmo atrapalhado continua sua tarefa). Querendo animá-lo, o colega vai fazendo comentários; diz que uma parada cardíaca não é nada, que um coração bom se recupera fácil etc. Pergunta pelo consultório do Doutor Felipe; promete-lhe mandar pacientes – no futuro.

Tamanha é a quantidade de pessoas na rua, que eles têm dificuldade de andar. Até jornalistas e fotógrafos aparecem. Felipe promete entrevistas para mais tarde.

Finalmente, chegam ao hospital. Enfermeiros e médicos correm a seu encontro, colocam-no numa maca, levam-no à sala de cirurgia.

Pode largar o coração, diz Jurandir, pode deixar por minha conta. E baixinho: tu sempre fazendo das tuas, hem, Felipe? Já não sabes mais o que fazer para aparecer. Anda, larga o coração.

Ele o faz com relutância e até com dor: dói a mão, dói o coração, quando se separam. A mão sente na palma o ar frio, hostil. Poderia ficar imóvel, a mão, poderia descansar; mas, para quê? Acostumou-se ao movimento rítmico, ao contato com aquela víscera frágil, ainda que importante, poderosa ainda que meiga: *manzana*. Nostálgicos, os dedos se afrouxam: quando voltarão à intimidade do corpo? Nunca mais serei o mesmo – pensa. O anestesista crava-lhe uma agulha no braço. Nunca mais, nunca mais – murmura, entre o sono e a vigília.

Desperta sobressaltado. A secretária diante dele: posso ir embora, doutor? Pode, ele murmura. Leva a mão ao peito. Nenhuma ferida, nenhuma dor. Tudo bem.

Aguardo alguns minutos. Ele imóvel, o seqüestrador, aproximo-me cautelosamente, rastejando. Toco-o com as mãos amarradas. Não reage, continua imóvel. Viro-o, com esforço. Constato, de cima para baixo: o rosto, apesar de sujo dos remédios, mostra uma palidez impressionante, acinzentada. Os olhos fixos, as narinas frementes, a boca entreaberta. A pele, fria. O pulso débil, um fio; acelerado. Está em choque, concluo. Por quê?, me pergunto olhando o ventre enorme, distendido.

Depois da visita de Aladino, Felipe pouco fica no consultório. Prefere caminhar.

E é assim, vagueando pela Rua da Praia, meio arrastado pela multidão, que ele um dia encontra Maria da Glória. Assim: por acaso. Se olham, correm um para o outro e, frente à Casa Sloper, diante de dezenas de pessoas, se abraçam, chorando. Se separam, se olham, tornam a se abraçar. Notando a curiosidade dos transeuntes eles vão, rindo, se refugiar num desvão da Travessa Acelino Carvalho. Ali podem conversar; ela diz que Felipe está bem, está muito bem mesmo, elegante. Ele também a elogia – estás linda! – mas mente. Tem diante de si uma pobre mulher, magra, de grandes olhos tristes, sem pintura, com um vestido já antiquado. Uma mulher que saiu de um vagão fechado diretamente para uma clínica psiquiátrica, onde ficou internada, em segredo, sem receber visitas (ordem do Barão?). Saí há duas semanas, murmura; meio fugida, acrescenta, e ri. Vamos, ele diz.

Beijam-se no cruzamento da Borges com a Rua da Praia, enquanto esperam o sinal abrir. Beijam-se de novo, atravessando a rua. Ela ri; não se sente envergonhada, de modo algum; sente-se feliz. Onde é que vamos?, pergunta.

Felipe quer levá-la para a casa dos pais; acha que Maria da Glória precisa de uma mãe, porque está magra, fraca, muito abatida – um marido não é suficiente para ampará-la. Mas ela tem outra idéia: abre a bolsa e mostra uma grande chave, dizendo (ri, pisca o olho) que sabe de um lugar melhor.

Portanto, tomam um táxi. (O teu, Ramão? Não. O teu, não.) É um homem silencioso e discreto, o chofer; leva-os onde tem de levar, recebe seu dinheiro, agradece e se vai, deixando-os, abraçados, diante de uma grande casa, muito antiga, situada ao fundo de um enorme terreno. É da minha família há muitos anos, diz Maria da Glória, e esta explicação me basta, não quero fazer perguntas, quero estar com ela. Quase correndo, avançamos pela maltratada alameda, ladeada por jardins malcuidados. Entre arbustos, anões de pedra nos espiam com olhos desbotados, os lábios grossos entreabertos em fixos sorrisos, estátuas nos estendem braços fraturados.

Maria da Glória tenta abrir a porta, não consegue: treme demais. Entrega-me a chave. Introduzo-a na fechadura, mas também não consigo abrir: resiste a meus dedos. Cederia, por certo, às manobras de quem conhece suas manhas. Não sou eu, este. Dou um pontapé na porta e abro-a.

Entramos. Não há luz. Maria da Glória acende uma vela; à débil claridade percorremos a casa. Grandes salas, com poucos móveis: velhas poltronas cobertas de lençóis, armários escuros, altos como altares, compridas mesas, cadeiras de espaldar alto.

Na cozinha um antigo fogão a lenha, com pés semelhantes a patas de animal extinto. Pias com tampo de granito. Na lixeira, cascas secas de frutas da barranca do Uruguai (*manzana?*).

Me instalei lá em cima – diz Maria da Glória.

Subimos uma escadaria de mármore. O quarto que ela ocupa é pequeno, uma espécie de sótão, com caibros no teto. Limpo, simples. Um armário com seus objetos, roupas, alguns livros, velas. Um vaso com flores no peitoril da janela. Uma cama, estreita, coberta com uma manta colorida.

Foi boa para nós, aquela cama.

Foi gentil com o homem e sua mulher. Eles rolavam, eles se viravam, ele por cima dela, ela por cima dele; quase caíam, mas não: havia sempre mais um pedaço de cama. Da boa cama.

E depois conversamos. Pela primeira vez, estávamos falando, não trocando monossílabos. Fomos capazes de reconhecer que nos tínhamos ocultado muitas coisas, os esposos. Falamos sobre as noites de Piraí e seus terrores, ela me contando da tia Isolina.

Falamos – ela chorando, eu com lágrimas nos olhos – do filho nascido morto. Mais uma vez nos perguntamos, agora em voz alta, por que teria acontecido a nós, justamente a nós. Mas não havia revolta, em nossas vozes; antes, uma doce tristeza.

Falamos sobre o Barão. Ele não quer saber de ti, ela disse. E me quer junto dele. E tu? – perguntei. Eu? – ria. – Eu quero ficar contigo. Nos abraçamos. O Barão estava longe, a centenas de quilômetros de distância.

Nos abraçamos. Muito calmos, agora, no quarto que as sombras invadiam, falamos de nosso filho. Fizemo-lo nascer, mais uma vez, só que agora ele não morria, não; nós o alimentávamos e vestíamos, ele crescia, gordinho, corado, muito parecido com Maria da Glória. Andava de bicicleta, jogava bola, ia ao colégio. Fez o vestibular – para medicina, claro – passou, por exigência minha, com o primeiro lugar. Formou-se, casou. Depois que teve o primeiro filho, adormecemos.

Quando acordei, já era manhã, e ela estava de pé, diante de mim. Me estendia uma xícara de chá, desculpando-se: era só o que havia, não me esperava... Ria. Deixa comigo, eu disse, engolindo o chá. Vesti-me rapidamente e saí para tomar providências.

Fui para casa. Anunciei a meus pais que ia a um congresso em São Paulo, arrumei a minha mala. Minha mãe me olhava, surpresa e desconfiada; mas eu ria, ela riu também, tranqüilizada.

Saí, tomei um táxi; o motorista, que não era nenhum seqüestrador, me levou, rápido e eficiente, a um supermercado; me aguardou enquanto fiz o rancho. E que rancho! Derrubei das prateleiras latas coloridas e vinhos. Comprei frutas, verduras frescas, queijo, leite. E vassouras, escovas e até ferramentas. A mulher da caixa me olhou com espanto. A gente nunca sabe do dia de amanhã, dona – eu disse, e perguntei onde era o telefone. Telefonei ao serviço do Professor, avisando que não apareceria lá. Por prazo indeterminado, acrescentei.

Quilômetros nos separam de Porto Alegre, a mim e a este homem, o seqüestrador. Nos afastamos e nos aprofundamos.

Falo agora de seis dias de minha vida.

O primeiro foi o do reencontro. O segundo, que se iniciara com chá fraco e sem açúcar, continuou com minha chegada do supermercado: um triunfo, Maria da Glória aplaudindo muito. Limpamos o grande fogão; com gravetos do quintal, fiz fogo. Numa grande panela de ferro, colocamos água, carne, cenoura, salsa, ovos, arroz – mil ingredientes. Enquanto a mistura fervia e borbulhava, corremos para a cama: foi tão bom como no primeiro dia; e mais delicado, até, mais elaborado, mais refinado. Quando descemos, abraçados, a água do panelão tinha se evaporado. Restava no fundo um pirão grosso, que comemos com colher-de-pau. Fomos para o quintal, estendemos a manta colorida na grama, e ali adormecemos, sob o sol. Acordamos à noitinha, com frio; fomos para dentro, acendemos a lareira, tomamos vinho.

No dia seguinte, o trabalho. Ela com panos e vassoura, eu com martelo e serrote, colocamos a casa em ordem. Eu trabalhava bem. A tensão dos últimos meses se desfazia rapidamente; mas no dia seguinte, amanheci doente, meio gripado. Maria da Glória me trouxe um chá; tomei-o e me senti melhor. De que é este chá? – perguntei, e ela ria, não queria responder, mas por fim, confessou: de ervas que colhera no quintal.

No quarto dia, jogos. Começou com um gato entrando na casa, e nós resolvendo agarrá-lo – queríamos um animalzinho para brincar. Perseguimos o bichano por toda a casa; subiu as escadas, e nós atrás, e aí conseguimos encurralá-lo numa espécie de salão nobre, cheio de jarras, bibelôs e castiçais. Pulando de um lado para outro, o gato derrubava tudo; cacos voavam. Finalmente, ele subiu por um armário e de lá escapou por um alçapão aberto no teto, nós ficando muito decepcionados. O exercício, contudo, nos tornara lúdicos; organizamos brincadeiras, de pegar, de esconder, de cabra-cega.

Brincamos de doutor. Brincamos de pai e mãe. Eu, pai, tomei-a em meu colo e embalei-a para que adormecesse. Ela, mãe, cantava baixinho para me fazer dormir. E adormecemos, os dois.

No quinto dia, também foi tudo bem, um domingo muito tranqüilo. Mas no sexto, acordamos melancólicos. Não havia mais leite, nem café; o pão estava duro. Tomamos um pouco de vinho e fomos para o quintal. Sentamos num banco e ficamos a olhar as árvores. Notei, então, que, nos fundos da casa, operários trabalhavam na construção de um grande edifício. Perto, numa metalúrgica, um martelo batia rítmico o metal. Ouvi – eram oito horas – o rugir do tráfego, milhares de automóveis se movimentando em direção ao centro da cidade. Situei-me: no Menino Deus, em Porto Alegre, às oito horas da manhã de uma sexta-feira, o Doutor Felipe, médico, estava sentado olhando as árvores. Não estava no consultório, nem no hospital nem atendendo a chamados – estava sentado. Não ganhava o sustento nem para si nem para sua mulher. Estava imóvel.

Termino de examiná-lo. Fico, imóvel, a olhá-lo por uns instantes.

Sem dúvida, está mal, em choque; sem dúvida, circulam em seu sangue toxinas – de quê? Da comida deteriorada? Ou terá seu estado se agravado por causa da espantosa mistura de remédios?

Não importa. Ele precisa de socorro – e eu preciso voltar. Começo cortando, com a peixeira, as cordas que me prendem.

Era tempo de fazer alguma coisa, resolvi naquela segunda-feira; por mim e por Maria da Glória, que já começava a se inquietar.

Fui procurar o Afonso, em seu novo hospital.

Recebeu-me em seu gabinete – há quanto tempo meu querido! – com efusão. Vestia-se com displicente elegância: camisa de seda, lenço ao pescoço, calças de veludo, sapatos moles. Os cabelos, totalmente brancos, estavam cuidadosamente penteados para trás. O rosto, apesar das marcas da idade, apresentava um curioso brilho (estaria maquilado?), o olhar era zombeteiro como sempre. Olho para ti, disse, e vejo o gurizinho que veio ao meu hotel em Piraí. Mostrou-me o luxuoso gabinete, adornado de quadros e lustres: melhorei, hem, Felipe? Que te parece?

Fez soar a campainha, pediu bebidas ao rapaz de casaco branco e gravata-borboleta que apareceu à porta. Sorrindo, disse que estava às minhas ordens.

Hesitei um instante. Depois respirei fundo: vou abrir o jogo, Afonso. Estou chegando do interior, preciso de um lugar para trabalhar. E sabendo que tinhas inaugurado o hospital–

Enquanto eu falava, me olhava com atenção. O sorriso tinha desaparecido de seu rosto. O momento era de trabalho, e ele já não brincava.

Terminei de falar, ele ficou em silêncio. Tomou um gole de uísque:

– Estou me lembrando do vexame que deste lá em Piraí.

– Aquilo passou, Afonso. Posso te garantir.

Levantou-se, foi até a janela, olhou para fora. Voltou-se para mim:

– Eu teria um lugar para ti.

Falou-me de um plano – sigiloso. Pretendia abrir uma clínica de rejuvenescimento.

– É invenção de um médico italiano, um negócio que pode dar muito dinheiro. Injeções... Noventa. Três por dia. Dieta, exercícios, coisa e tal: enfim, um tratamento caro. Só que o italiano não pode aparecer, sabes como é? Ele tem uma situação... meio complicada. Tu darás cobertura. Examinarás os pacientes, darás as receitas – enfim, estas coisas sabes melhor que eu. Quanto ao pagamento... Já deves ter ouvido dizer que pago bem. E terás porcentagem sobre as contas dos pacientes. Topas?

Muita coisa deve ter me cruzado a mente, mas destas coisas já não me lembro. De qualquer modo, elas não contam; o que conta é eu ter dito, em voz surda, mas perfeitamente audível, que topava.

Ótimo, meu querido – ele disse, agora sorrindo. Eu estava torcendo para que aceitasses.

Abraçou-me demoradamente. Encarou-me: mas olha, sussurrou. Eu exijo fidelidade, sabes?

Eu sabia. Ele me olhou dos pés à cabeça, disse que eu deveria me vestir melhor. Deves comprar roupas novas, aconselhou. Ofereceu-me dinheiro adiantado. Eu pagaria depois. Quando quisesse.

A morena de Curumins anunciou que tinha arranjado um bico: venderia cosméticos em casas particulares. Ramão não gostou da idéia, mas a mulher não admitia discussões. Está tudo acertado, disse, eu não volto atrás.

A situação melhorou: já não passavam fome. Mas Ramão não estava satisfeito.

Com o dinheiro que Afonso me adiantou, dei entrada para um carro, aluguei um bom apartamento, que Maria da Glória encarregou-se de decorar. Para minha surpresa, revelou uma desenvoltura surpreendente. Estava segura, confiante; tratava-se com Zé Gomes, ia bem. Meus pais vinham todos os dias nos ver.

O Barão, a princípio, me ignorou; mas quando Maria da Glória escreveu que estava grávida, veio a Porto Alegre (de automóvel, porque já não tinha licença de usar seu vagão particular) e nos reconciliamos. Cedeu ao Afonso o casarão do Menino Deus; ali seria construído mais um hospital da empresa, e neste eu teria participação acionária.

A clínica ia de vento em popa. O médico italiano era discreto e eficiente: providenciava para que nunca faltassem as injeções – mas não me revelava o que continham. Posso garantir que funcionam – dizia, e era só. Era um homem alto e bonito, descendente de um duque. Às vezes, vinha jantar conosco. O copo de uísque na mão, ficava olhando para Maria da Glória. Ela, embora perturbada, olha-o também.

Quando o hospital ficou pronto, Afonso deu uma festa de inauguração. O menino estava indisposto, de modo que Maria da Glória resolveu ficar em casa. Vai tu, disse.

Fui. Deixei o Galaxie no estacionamento e entrei, decidido a ficar pouco tempo: cumprimentaria Afonso, o médico italiano, e voltaria para casa.

As constantes saídas da mulher estavam acabando com Ramão. Ficava especialmente irritado quando ela se ausentava por um, dois, três dias; revirava-se na cama, não podia conciliar o sono. É verdade que a morena de Curumins voltava sorridente e carinhosa; sabia desfazer, com carícias, os ressentimentos de Ramão. Mas depois, eles deitados, ainda ofegantes, ele fixava o teto, rancoroso: ela me engambelou de novo. Ah, mas da próxima vez.

Esquecia.

Um dia, porém, deu o basta. Amanhã vou a Curumins, ela disse, e ele: não vais não. Vais ficar aqui mesmo, cuidando da casa.

Estavam na mesa, jantando. As crianças pararam de comer, alarmadas. A morena resolveu ignorá-lo: comam, crianças, a comida está esfriando. Ramão deu um murro na mesa: estou falando contigo! Ouviste? Vais ficar aqui! Não amola, Ramão, ela retrucou, sou dona de meu nariz, faço o que quero. E não grita na frente das crianças.

Ramão pôs-se de pé. Transtornado: atirou a mesa para um lado, derrubando pratos e talheres. As crianças começaram a chorar. Animal! – ela gritou. – Olha o que fizeste! Tu és a culpada, ele berrou. Tu, sua cadela! Pensas que eu não sei que te escondes para trepar com outros? Ela riu: está bem, Ramão. Ando trepando, sim, e daí? Já trepava antes de te conhecer, ganhei dinheiro trepando – e tu, dá graças a Deus, porque esta comida foi comprada com meu dinheiro. Fica sabendo que tem muitos querendo trepar comigo. Gente fina. Eu, Ramão, só trepo com doutores!

Ramão avançou, deu-lhe um soco no peito. Ela cambaleou – as crianças fugiram, gritando – mas não caiu:

– Doutores, sim! Trepam muito melhor que tu! Eles têm mãos de anjo, Ramão! Eles sabem me fazer gozar!

Ramão já não ouvia: descarregava-lhe uma saraivada de socos e pontapés. A morena desabou, como uma árvore partida. Ele abriu a gaveta do armário, tirou o revólver – mas os gritos dos vizinhos assustaram-no. Correu para o auto, partiu a toda. Dirigia sem destino, ultrapassando sinais fechados, os pneus cantando nas curvas. Terminou subindo na calçada e batendo numa árvore. O choque, violentíssimo, projetou-o para fora; no mesmo instante, o carro ficou em chamas. Sentado no chão, aturdido, Ramão olhava, sem compreender. Começou a juntar gente. Ele se levantou e saiu correndo.

Andou muito tempo. Meteu-se pelas ruas do Menino Deus, já desertas e escuras àquela hora; e de repente, deu com um prédio brilhantemente iluminado, com uma bela fachada toda revestida de pastilhas. Na frente, belos jardins, e, mais próximo à rua, o estacionamento de automóveis. Ramão reconheceu, entre os vários carros, o Galaxie, o Camaro, o Alfa-Romeo, o Mercedes. Um rapaz vinha saindo. Ramão fez-lhe sinal, o rapaz estacou assustado. Ramão forçou um sorriso: o amigo poderia me dizer o que funciona aqui? Um hospital, disse o rapaz, desconfiado. Estes carros são dos médicos? – perguntou Ramão. São, disse o rapaz, eles estão numa festa.

Afastou-se, rápido. Ramão caminhou entre os automóveis, acariciando as capotas úmidas de orvalho.

De repente, ouviu passos.

Um homem vinha vindo em direção ao estacionamento. Um homem bem vestido, de passo firme – um médico.

Ramão ocultou-se atrás de um Dodge, puxou o revólver e ficou à espera. Está aí a minha chance, murmurava. É agora que eu vou me vingar. Vou me vingar e vou forrar o cu de dinheiro.

Tirou-lhe a camisa manchada de vômito e de remédios e aí está, no peito deste seqüestrador, deste Ramão, o amuleto do feiticeiro da Calábria, preso ao pescoço grosso por uma correntinha barata. Não o ajudou, o amuleto. Agora vai voltar a seu dono. Arranco-o.

Tiro-lhe as calças, as sandálias. Visto suas roupas; estão grandes para mim, mas por enquanto servirão.

Arrasto-o até o carro. Está bem amassado, o Galaxie, mas nada de sério: agüenta a viagem.

Deito o homem no banco de trás. O revólver e a peixeira a meu lado, inicio a viagem de volta. Ligo o rádio: a música de um rock transborda do alto-falante, acompanho-a tamborilando no volante, devorando milhas de estrada. Às vezes olho pelo espelho retrovisor; Ramão parece recuperar-se, geme, de vez em quando. Ficará bom, depois de passar alguns dias no hospital. Não no hospital de Afonso, claro; na Santa Casa, talvez.

Quanto a mim, tudo bem; explicarei esta ausência como, digamos, uma viagem inesperada, complicada com um pequeno acidente, no qual minha roupa ficou inutilizada, um bom homem então me emprestando calça e camisa para eu poder voltar. Um pouco sujas, mas a cavalo dado não se olha os dentes, como dizia o velho Pedro, o que tinha dentes podres, o que foi traído pelo cavalo. Falando em cavalo, o cavalinho de madeira ficará de enfeite na clínica. E falando em velho Pedro – como está parecido com ele, o Ramão, assim deitado, de boca entreaberta. Os dentes não são tão ruins, mas o resto é igual, igual. O velho Pedro sempre me falava deste filho, deste Ramão que o deixara pela cidade. Ele quer ficar rico, suspirava o velho. Exato: queria ficar rico. O curioso é que nem chegou a me fazer escrever a carta pedindo o resgate.

Contarei a história ao Jaime; talvez ele possa aproveitá-la, ele ou um de seus amigos escritores. Dá um romance, o episódio. Por que não? Desde que o autor use outro nome para o personagem, pode contar tudo. O real e o imaginário, o verossímil e o inverossímil. Terá traçado, então, o *perfil do médico como Doutor Miragem.*

Sobre o autor

Moacyr Scliar (Porto Alegre, 1937) é autor de uma vasta obra, com títulos de ficção, ensaio, crônica, literatura juvenil. Seus livros foram publicados nos Estados Unidos, França, Alemanha, Espanha, Portugal, Inglaterra, Itália, Tchecoslováquia, Suécia, Noruega, Polônia, Bulgária, Japão, Argentina, Colômbia, Venezuela, Uruguai, Canadá, Israel, México, Rússia e outros países, com grande repercussão crítica. É detentor dos seguintes prêmios, entre outros: Prêmio Academia Mineira de Letras (1968), Prêmio Joaquim Manoel de Macedo (Governo do Estado do Rio, 1974), Prêmio Cidade de Porto Alegre (1976), Prêmio Brasília (1977), Prêmio Guimarães Rosa (Governo do Estado de Minas Gerais, 1977), Prêmio Jabuti (1988 e 1993), Prêmio Casa de las Américas (1989), Prêmio Pen Club do Brasil (1990), Prêmio Açorianos (Prefeitura de Porto Alegre, 1997), Prêmio José Lins do Rego (Academia Brasileira de Letras, 1998), Prêmio Mário Quintana (1999), Prêmio Jabuti (2000).

É colunista dos jornais *Folha de São Paulo* e *Zero Hora*; colabora com vários órgãos da imprensa no país e no exterior. Tem textos adaptados para o cinema, teatro, tevê e rádio, inclusive no exterior. É membro da Academia Brasileira de Letras. Porto Alegre é um cenário freqüente para suas obras de ficção e um tema preferido nas crônicas.

Coleção **L&PM** POCKET

1. **Catálogo geral da Coleção**
2. **Poesias** – Fernando Pessoa
3. **O livro dos sonetos** – org. Sergio Faraco
4. **Hamlet** – Shakespeare / trad. Millôr
5. **Isadora, frag. autobiográficos** – Isadora Duncan
6. **Histórias sicilianas** – G. Lampedusa
7. **O relato de Arthur Gordon Pym** – Edgar A. Poe
8. **A mulher mais linda da cidade** – Bukowski
9. **O fim de Montezuma** – Hernan Cortez
10. **A ninfomania** – D. T. Bienville
11. **As aventuras de Robinson Crusoé** – D. Defoe
12. **Histórias de amor** – A. Bioy Casares
13. **Armadilha mortal** – Roberto Arlt
14. **Contos de fantasmas** – Daniel Defoe
15. **Os pintores cubistas** – G. Apollinaire
16. **A morte de Ivan Ilitch** – L. Tolstói
17. **A desobediência civil** – D. H. Thoreau
18. **Liberdade, liberdade** – F. Rangel e M. Fernandes
19. **Cem sonetos de amor** – Pablo Neruda
20. **Mulheres** – Eduardo Galeano
21. **Cartas a Théo** – Van Gogh
22. **Don Juan** – Molière / Trad. Millôr Fernandes
24. **Horla** – Guy de Maupassant
25. **O caso de Charles Dexter Ward** – Lovecraft
26. **Vathek** – William Beckford
27. **Hai-Kais** – Millôr Fernandes
28. **Adeus, minha adorada** – Raymond Chandler
29. **Cartas portuguesas** – Mariana Alcoforado
30. **A mensageira das violetas** – Florbela Espanca
31. **Espumas flutuantes** – Castro Alves
32. **Dom Casmurro** – Machado de Assis
34. **Alves & Cia.** – Eça de Queiroz
35. **Uma temporada no inferno** – A. Rimbaud
36. **A corresp. de Fradique Mendes** – Eça de Queiroz
38. **Antologia poética** – Olavo Bilac
39. **O rei Lear** – Shakespeare
40. **Memórias póstumas de Brás Cubas** – M. de Assis
41. **Que loucura!** – Woody Allen
42. **O duelo** – Casanova
44. **Gentidades** – Darcy Ribeiro
45. **Mem. de um Sarg. de Milícias** – M. A. de Almeida
46. **Os escravos** – Castro Alves
47. **O desejo pego pelo rabo** – Pablo Picasso
48. **Os inimigos** – Máximo Gorki
49. **O colar de veludo** – Alexandre Dumas
50. **Livro dos bichos** – Vários
51. **Quincas Borba** – Machado de Assis
53. **O exército de um homem só** – Moacyr Scliar
54. **Frankenstein** – Mary Shelley
55. **Dom Segundo Sombra** – Ricardo Güiraldes
56. **De vagões e vagabundos** – Jack London
57. **O homem bicentenário** – Isaac Asimov
58. **A viuvinha** – José de Alencar
59. **Livro das cortesias** – org. de Sergio Faraco
60. **Últimos poemas** – Pablo Neruda
61. **A morenina** – Joaquim Manuel de Macedo
62. **Cinco minutos** – José de Alencar
63. **Saber envelhecer e a amizade** – Cícero
64. **Enquanto a noite não chega** – J. Guimarães
65. **Tufão** – Joseph Conrad
66. **Aurélia** – Gérard de Nerval
67. **I-Juca-Pirama** – Gonçalves Dias
68. **Fábulas** – Esopo
69. **Teresa Filósofa** – Anônimo do Séc. XVIII
70. **Avent. inéditas de Sherlock Holmes** – A. C. Doyle
71. **Quintana de bolso** – Mario Quintana
72. **Antes e depois** – Paul Gauguin
73. **A morte de Olivier Bécaille** – Émile Zola
74. **Iracema** – José de Alencar
75. **Iaiá Garcia** – Machado de Assis
76. **Utopia** – Tomás Morus
77. **Sonetos para amar o amor** – Camões
78. **Carmem** – Prosper Mérimée
79. **Senhora** – José de Alencar
80. **Hagar, o horrível 1** – Dik Browne
81. **O coração das trevas** – Joseph Conrad
82. **Um estudo em vermelho** – Arthur Conan Doyle
83. **Todos os sonetos** – Augusto dos Anjos
84. **A propriedade é um roubo** – P.-J. Proudhon
85. **Drácula** – Bram Stoker
86. **O marido complacente** – Sade
87. **De profundis** – Oscar Wilde
88. **Sem plumas** – Woody Allen
89. **Os bruzundangas** – Lima Barreto
90. **O cão dos Baskervilles** – Arthur Conan Doyle
91. **Paraísos artificiais** – Charles Baudelaire
92. **Cândido, ou o otimismo** – Voltaire
93. **Triste fim de Policarpo Quaresma** – Lima Barreto
94. **Amor de perdição** – Camilo Castelo Branco
95. **A megera domada** – Shakespeare / trad. Millôr
96. **O mulato** – Aluísio Azevedo
97. **O alienista** – Machado de Assis
98. **O livro dos sonhos** – Jack Kerouac
99. **Noite na taverna** – Álvares de Azevedo
100. **Aura** – Carlos Fuentes
102. **Contos gauchescos e Lendas do sul** – Simões Lopes Neto
103. **O cortiço** – Aluísio Azevedo
104. **Marília de Dirceu** – T. A. Gonzaga
105. **O Primo Basílio** – Eça de Queiroz
106. **O ateneu** – Raul Pompéia
107. **Um escândalo na Boêmia** – Arthur Conan Doyle
108. **Contos** – Machado de Assis
109. **200 Sonetos** – Luis Vaz de Camões
110. **O príncipe** – Maquiavel
111. **A escrava Isaura** – Bernardo Guimarães
112. **O solteirão nobre** – Conan Doyle
114. **Shakespeare de A a Z** – Shakespeare
115. **A relíquia** – Eça de Queiroz
117. **Livro do corpo** – Vários
118. **Lira dos 20 anos** – Álvares de Azevedo
119. **Esaú e Jacó** – Machado de Assis
120. **A barcarola** – Pablo Neruda
121. **Os conquistadores** – Júlio Verne
122. **Contos breves** – G. Apollinaire
123. **Taipi** – Herman Melville

124. **Livro dos desaforos** – org. de Sergio Faraco
125. **A mão e a luva** – Machado de Assis
126. **Doutor Miragem** – Moacyr Scliar
127. **O penitente** – Isaac B. Singer
128. **Diários da descoberta da América** – C.Colombo
129. **Édipo Rei** – Sófocles
130. **Romeu e Julieta** – Shakespeare
131. **Hollywood** – Bukowski
132. **Billy the Kid** – Pat Garrett
133. **Cuca fundida** – Woody Allen
134. **O jogador** – Dostoiévski
135. **O livro da selva** – Rudyard Kipling
136. **O vale do terror** – Arthur Conan Doyle
137. **Dançar tango em Porto Alegre** – S. Faraco
138. **O gaúcho** – Carlos Reverbel
139. **A volta ao mundo em oitenta dias** – J. Verne
140. **O livro dos esnobes** – W. M. Thackeray
141. **Amor & morte em Poodle Springs** – Raymond Chandler & R. Parker
142. **As aventuras de David Balfour** – Stevenson
143. **Alice no país das maravilhas** – Lewis Carroll
144. **A ressurreição** – Machado de Assis
145. **Inimigos, uma história de amor** – I. Singer
146. **O Guarani** – José de Alencar
147. **A cidade e as serras** – Eça de Queiroz
148. **Eu e outras poesias** – Augusto dos Anjos
149. **A mulher de trinta anos** – Balzac
150. **Pomba enamorada** – Lygia F. Telles
151. **Contos fluminenses** – Machado de Assis
152. **Antes de Adão** – Jack London
153. **Intervalo amoroso** – A.Romano de Sant'Anna
154. **Memorial de Aires** – Machado de Assis
155. **Naufrágios e comentários** – Cabeza de Vaca
156. **Ubirajara** – José de Alencar
157. **Textos anarquistas** – Bakunin
159. **Amor de salvação** – Camilo Castelo Branco
160. **O gaúcho** – José de Alencar
161. **O livro das maravilhas** – Marco Polo
162. **Inocência** – Visconde de Taunay
163. **Helena** – Machado de Assis
164. **Uma estação de amor** – Horácio Quiroga
165. **Poesia reunida** – Martha Medeiros
166. **Memórias de Sherlock Holmes** – Conan Doyle
167. **A vida de Mozart** – Stendhal
168. **O primeiro terço** – Neal Cassady
169. **O mandarim** – Eça de Queiroz
170. **Um espinho de marfim** – Marina Colasanti
171. **A ilustre Casa de Ramires** – Eça de Queiroz
172. **Lucíola** – José de Alencar
173. **Antígona** – Sófocles – trad. Donaldo Schüler
174. **Otelo** – William Shakespeare
175. **Antologia** – Gregório de Matos
176. **A liberdade de imprensa** – Karl Marx
177. **Casa de pensão** – Aluísio Azevedo
178. **São Manuel Bueno, Mártir** – Unamuno
179. **Primaveras** – Casimiro de Abreu
180. **O noviço** – Martins Pena
181. **O sertanejo** – José de Alencar
182. **Eurico, o presbítero** – Alexandre Herculano
183. **O signo dos quatro** – Conan Doyle
184. **Sete anos no Tibet** – Heinrich Harrer
185. **Vagamundo** – Eduardo Galeano
186. **De repente acidentes** – Carl Solomon
187. **As minas de Salomão** – Rider Haggar
188. **Uivo** – Allen Ginsberg
189. **A ciclista solitária** – Conan Doyle
190. **Os seis bustos de Napoleão** – Conan Doyle
191. **Cortejo do divino** – Nelida Piñon
194. **Os crimes do amor** – Marquês de Sade
195. **Besame Mucho** – Mário Prata
196. **Tuareg** – Alberto Vázquez-Figueroa
197. **O longo adeus** – Raymond Chandler
199. **Notas de um velho safado** – Bukowski
200. **111 ais** – Dalton Trevisan
201. **O nariz** – Nicolai Gogol
202. **O capote** – Nicolai Gogol
203. **Macbeth** – William Shakespeare
204. **Heráclito** – Donaldo Schüler
205. **Você deve desistir, Osvaldo** – Cyro Martins
206. **Memórias de Garibaldi** – A. Dumas
207. **A arte da guerra** – Sun Tzu
208. **Fragmentos** – Caio Fernando Abreu
209. **Festa no castelo** – Moacyr Scliar
210. **O grande deflorador** – Dalton Trevisan
212. **Homem do príncipio ao fim** – Millôr Fernandes
213. **Aline e seus dois namorados (1)** – A. Iturrusgarai
214. **A juba do leão** – Sir Arthur Conan Doyle
215. **Assassino metido a esperto** – R. Chandler
216. **Confissões de um comedor de ópio** – T.De Quincey
217. **Os sofrimentos do jovem Werther** – Goethe
218. **Fedra** – Racine / Trad. Millôr Fernandes
219. **O vampiro de Sussex** – Conan Doyle
220. **Sonho de uma noite de verão** – Shakespeare
221. **Dias e noites de amor e de guerra** – Galeano
222. **O Profeta** – Khalil Gibran
223. **Flávia, cabeça, tronco e membros** – M. Fernandes
224. **Guia da ópera** – Jeanne Suhamy
225. **Macário** – Álvares de Azevedo
226. **Etiqueta na prática** – Celia Ribeiro
227. **Manifesto do partido comunista** – Marx & Engels
228. **Poemas** – Millôr Fernandes
229. **Um inimigo do povo** – Henrik Ibsen
230. **O paraíso destruído** – Frei B. de las Casas
231. **O gato no escuro** – Josué Guimarães
232. **O mágico de Oz** – L. Frank Baum
233. **Armas no Cyrano's** – Raymond Chandler
234. **Max e os felinos** – Moacyr Scliar
235. **Nos céus de Paris** – Alcy Cheuiche
236. **Os bandoleiros** – Schiller
237. **A primeira coisa que eu botei na boca** – Deonísio da Silva
238. **As aventuras de Simbad, o marújo**
239. **O retrato de Dorian Gray** – Oscar Wilde
240. **A carteira de meu tio** – J. Manuel de Macedo
241. **A luneta mágica** – J. Manuel de Macedo
242. **A metamorfose** – Kafka
243. **A flecha de ouro** – Joseph Conrad
244. **A ilha do tesouro** – R. L. Stevenson
245. **Marx - Vida & Obra** – José A. Giannotti
246. **Gênesis**
247. **Unidos para sempre** – Ruth Rendell
248. **A arte de amar** – Ovídio
249. **O sono eterno** – Raymond Chandler
250. **Novas receitas do Anonymus Gourmet** – J.A.P.M.

251. **A nova catacumba** – Arthur Conan Doyle
252. **Dr. Negro** – Arthur Conan Doyle
253. **Os voluntários** – Moacyr Scliar
254. **A bela adormecida** – Irmãos Grimm
255. **O príncipe sapo** – Irmãos Grimm
256. **Confissões e Memórias** – H. Heine
257. **Viva o Alegrete** – Sergio Faraco
258. **Vou estar esperando** – R. Chandler
259. **A senhora Beate e seu filho** – Schnitzler
260. **O ovo apunhalado** – Caio Fernando Abreu
261. **O ciclo das águas** – Moacyr Scliar
262. **Millôr Definitivo** – Millôr Fernandes
264. **Viagem ao centro da Terra** – Júlio Verne
265. **A dama do lago** – Raymond Chandler
266. **Caninos brancos** – Jack London
267. **O médico e o monstro** – R. L. Stevenson
268. **A tempestade** – William Shakespeare
269. **Assassinatos na rua Morgue** – E. Allan Poe
270. **99 corruíras nanicas** – Dalton Trevisan
271. **Broquéis** – Cruz e Sousa
272. **Mês de cães danados** – Moacyr Scliar
273. **Anarquistas – vol. 1 – A idéia** – G. Woodcock
274. **Anarquistas – vol. 2 – O movimento** – G. Woodcock
275. **Pai e filho, filho e pai** – Moacyr Scliar
276. **As aventuras de Tom Sawyer** – Mark Twain
277. **Muito barulho por nada** – W. Shakespeare
278. **Elogio da loucura** – Erasmo
279. **Autobiografia de Alice B. Toklas** – G. Stein
280. **O chamado da floresta** – J. London
281. **Uma agulha para o diabo** – Ruth Rendell
282. **Verdes vales do fim do mundo** – A. Bivar
283. **Ovelhas negras** – Caio Fernando Abreu
284. **O fantasma de Canterville** – O. Wilde
285. **Receitas de Yayá Ribeiro** – Celia Ribeiro
286. **A galinha degolada** – H. Quiroga
287. **O último adeus de Sherlock Holmes** – A. Conan Doyle
288. **A. Gourmet em Histórias de cama & mesa** – J. A. Pinheiro Machado
289. **Topless** – Martha Medeiros
290. **Mais receitas do Anonymus Gourmet** – J. A. Pinheiro Machado
291. **Origens do discurso democrático** – D. Schüler
292. **Humor politicamente incorreto** – Nani
293. **O teatro do bem e do mal** – E. Galeano
294. **Garibaldi & Manoela** – J. Guimarães
295. **10 dias que abalaram o mundo** – John Reed
296. **Numa fria** – Bukowski
297. **Poesia de Florbela Espanca** vol. 1
298. **Poesia de Florbela Espanca** vol. 2
299. **Escreva certo** – E. Oliveira e M. E. Bernd
300. **O vermelho e o negro** – Stendhal
301. **Ecce homo** – Friedrich Nietzsche
302. (7). **Comer bem, sem culpa** – Dr. Fernando Lucchese, A. Gourmet e Iotti
303. **O livro de Cesário Verde** – Cesário Verde
305. **100 receitas de macarrão** – S. Lancellotti
306. **160 receitas de molhos** – S. Lancellotti
307. **100 receitas light** – H. e Â. Tonetto
308. **100 receitas de sobremesas** – Celia Ribeiro
309. **Mais de 100 dicas de churrasco** – Leon Diziekaniak
310. **100 receitas de acompanhamentos** – C. Cabeda
311. **Honra ou vendetta** – S. Lancellotti
312. **A alma do homem sob o socialismo** – Oscar Wilde
313. **Tudo sobre Yôga** – Mestre De Rose
314. **Os varões assinalados** – Tabajara Ruas
315. **Édipo em Colono** – Sófocles
316. **Lisístrata** – Aristófanes / trad. Millôr
317. **Sonhos de Bunker Hill** – John Fante
318. **Os deuses de Raquel** – Moacyr Scliar
319. **O colosso de Marússia** – Henry Miller
320. **As eruditas** – Molière / trad. Millôr
321. **Radicci 1** – Iotti
322. **Os Sete contra Tebas** – Ésquilo
323. **Brasil Terra à vista** – Eduardo Bueno
324. **Radicci 2** – Iotti
325. **Júlio César** – William Shakespeare
326. **A carta de Pero Vaz de Caminha**
327. **Cozinha Clássica** – Sílvio Lancellotti
328. **Madame Bovary** – Gustave Flaubert
329. **Dicionário do viajante insólito** – M. Scliar
330. **O capitão saiu para o almoço...** – Bukowski
331. **A carta roubada** – Edgar Allan Poe
332. **É tarde para saber** – Josué Guimarães
333. **O livro de bolso da Astrologia** – Maggy Harrisonx e Mellina Li
334. **1933 foi um ano ruim** – John Fante
335. **100 receitas de arroz** – Aninha Comas
336. **Guia prático do Português correto – vol. 1** – Cláudio Moreno
337. **Bartleby, o escriturário** – H. Melville
338. **Enterrem meu coração na curva do rio** – Dee Brown
339. **Um conto de Natal** – Charles Dickens
340. **Cozinha sem segredos** – J. A. P. Machado
341. **A dama das Camélias** – A. Dumas Filho
342. **Alimentação saudável** – H. e Â. Tonetto
343. **Continhos galantes** – Dalton Trevisan
344. **A Divina Comédia** – Dante Alighieri
345. **A Dupla Sertanojo** – Santiago
346. **Cavalos do amanhecer** – Mario Arregui
347. **Biografia de Vincent van Gogh por sua cunhada** – Jo van Gogh-Bonger
348. **Radicci 3** – Iotti
349. **Nada de novo no front** – E. M. Remarque
350. **A hora dos assassinos** – Henry Miller
351. **Flush - Memórias de um cão** – Virginia Woolf
352. **A guerra no Bom Fim** – M. Scliar
353. (1). **O caso Saint-Fiacre** – Simenon
354. (2). **Morte na alta sociedade** – Simenon
355. (3). **O cão amarelo** – Simenon
356. (4). **Maigret e o homem do banco** – Simenon
357. **As uvas e o vento** – Pablo Neruda
358. **On the road** – Jack Kerouac
359. **O coração apaixonado** – Pablo Neruda
360. **Livro das perguntas** – Pablo Neruda
361. **Noite de Reis** – William Shakespeare
362. **Manual de Ecologia** – vol.1 - J. Lutzenberger
363. **O mais longo dos dias** – Cornelius Ryan
364. **Foi bom prá você?** – Nani
365. **Crepuscolário** – Pablo Neruda
366. **A comédia dos erros** – Shakespeare
367. (5). **A primeira investigação de Maigret** – Simenon

368(6).**As férias de Maigret** – Simenon
369.**Mate-me por favor (vol.1)** – L. McNeil
370.**Mate-me por favor (vol.2)** – L. McNeil
371.**Carta ao pai** – Kafka
372.**Os vagabundos iluminados** – J. Kerouac
373(7).**O enforcado** – Simenon
374(8).**A fúria de Maigret** – Simenon
375.**Vargas, uma biografia política** – H. Silva
376.**Poesia reunida (vol.1)** – A. R. de Sant'Anna
377.**Poesia reunida (vol.2)** – A. R. de Sant'Anna
378.**Alice no país do espelho** – Lewis Carroll
379.**Residência na Terra 1** – Pablo Neruda
380.**Residência na Terra 2** – Pablo Neruda
381.**Terceira Residência** – Pablo Neruda
382.**O delírio amoroso** – Bocage
383.**Futebol ao sol e à sombra** – E. Galeano
384(9).**O porto das brumas** – Simenon
385(10).**Maigret e seu morto** – Simenon
386.**Radicci 4** – Iotti
387.**Boas maneiras & sucesso nos negócios** – Celia Ribeiro
388.**Uma história Farroupilha** – M. Scliar
389.**Na mesa ninguém envelhece** – J. A. P. Machado
390.**200 receitas inéditas do Anonymus Gourmet** – J. A. Pinheiro Machado
391.**Guia prático do Português correto – vol.2** – Cláudio Moreno
392.**Breviário das terras do Brasil** – Assis Brasil
393.**Cantos Cerimoniais** – Pablo Neruda
394.**Jardim de Inverno** – Pablo Neruda
395.**Antonio e Cleópatra** – William Shakespeare
396.**Tróia** – Cláudio Moreno
397.**Meu tio matou um cara** – Jorge Furtado
398.**O anatomista** – Federico Andahazi
399.**As viagens de Gulliver** – Jonathan Swift
400.**Dom Quixote** – (v. 1) – Miguel de Cervantes
401.**Dom Quixote** – (v. 2) – Miguel de Cervantes
402.**Sozinho no Pólo Norte** – Thomaz Brandolin
403.**Matadouro 5** – Kurt Vonnegut
404.**Delta de Vênus** – Anaïs Nin
405.**O melhor de Hagar 2** – Dik Browne
406.**É grave Doutor?** – Nani
407.**Orai pornô** – Nani
408(11).**Maigret em Nova York** – Simenon
409(12).**O assassino sem rosto** – Simenon
410(13).**O mistério das jóias roubadas** – Simenon
411.**A irmãzinha** – Raymond Chandler
412.**Três contos** – Gustave Flaubert
413.**De ratos e homens** – John Steinbeck
414.**Lazarilho de Tormes** – Anônimo do séc. XVI
415.**Triângulo das águas** – Caio Fernando Abreu
416.**100 receitas de carnes** – Sílvio Lancellotti
417.**Histórias de robôs:** vol. 1 – org. Isaac Asimov
418.**Histórias de robôs:** vol. 2 – org. Isaac Asimov
419.**Histórias de robôs:** vol. 3 – org. Isaac Asimov
420.**O país dos centauros** – Tabajara Ruas
421.**A república de Anita** – Tabajara Ruas
422.**A carga dos lanceiros** – Tabajara Ruas
423.**Um amigo de Kafka** – Isaac Singer
424.**As alegres matronas de Windsor** – Shakespeare
425.**Amor e exílio** – Isaac Bashevis Singer
426.**Use & abuse do seu signo** – Marília Fiorillo e Marylou Simonsen
427.**Pigmaleão** – Bernard Shaw
428.**As fenícias** – Eurípides
429.**Everest** – Thomaz Brandolin
430.**A arte de furtar** – Anônimo do séc. XVI
431.**Billy Bud** – Herman Melville
432.**A rosa separada** – Pablo Neruda
433.**Elegia** – Pablo Neruda
434.**A garota de Cassidy** – David Goodis
435.**Como fazer a guerra: máximas de Napoleão** – Balzac
436.**Poemas escolhidos** – Emily Dickinson
437.**Gracias por el fuego** – Mario Benedetti
438.**O sofá** – Crébillon Fils
439.**O "Martín Fierro"** – Jorge Luis Borges
440.**Trabalhos de amor perdidos** – W. Shakespeare
441.**O melhor de Hagar 3** – Dik Browne
442.**Os Maias (volume1)** – Eça de Queiroz
443.**Os Maias (volume2)** – Eça de Queiroz
444.**Anti-Justine** – Restif de La Bretonne
445.**Juventude** – Joseph Conrad
446.**Contos** – Eça de Queiroz
447.**Janela para a morte** – Raymond Chandler
448.**Um amor de Swann** – Marcel Proust
449.**À paz perpétua** – Immanuel Kant
450.**A conquista do México** – Hernan Cortez
451.**Defeitos escolhidos e 2000** – Pablo Neruda
452.**O casamento do céu e do inferno** – William Blake
453.**A primeira viagem ao redor do mundo** – Antonio Pigafetta
454(14).**Uma sombra na janela** – Simenon
455(15).**A noite da encruzilhada** – Simenon
456(16).**A velha senhora** – Simenon
457.**Sartre** – Annie Cohen-Solal
458.**Discurso do método** – René Descartes
459.**Garfield em grande forma (1)** – Jim Davis
460.**Garfield está de dieta (2)** – Jim Davis
461.**O livro das feras** – Patricia Highsmith
462.**Viajante solitário** – Jack Kerouac
463.**Auto da barca do inferno** – Gil Vicente
464.**O livro vermelho dos pensamentos de Millôr** – Millôr Fernandes
465.**O livro dos abraços** – Eduardo Galeano
466.**Voltaremos!** – José Antonio Pinheiro Machado
467.**Rango** – Edgar Vasques
468(8).**Dieta mediterrânea** – Dr. Fernando Lucchese e José Antonio Pinheiro Machado
469.**Radicci 5** – Iotti
470.**Pequenos pássaros** – Anaïs Nin
471.**Guia prático do Português correto – vol.3** – Cláudio Moreno
472.**Atire no pianista** – David Goodis
473.**Antologia Poética** – García Lorca
474.**Alexandre e César** – Plutarco
475.**Uma espiã na casa do amor** – Anaïs Nin
476.**A gorda do Tiki Bar** – Dalton Trevisan
477.**Garfield um gato de peso (3)** – Jim Davis
478.**Canibais** – David Coimbra
479.**A arte de escrever** – Arthur Schopenhauer
480.**Pinóquio** – Carlo Collodi
481.**Misto-quente** – Bukowski
482.**A lua na sarjeta** – David Goodis
483.**O melhor do Recruta Zero (1)** – Mort Walker

484. **Aline: TPM – tensão pré-monstrual (2)** – Adão Iturrusgarai
485. **Sermões do Padre Antonio Vieira**
486. **Garfield numa boa (4)** – Jim Davis
487. **Mensagem** – Fernando Pessoa
488. **Vendeta** seguido de **A paz conjugal** – Balzac
489. **Poemas de Alberto Caeiro** – Fernando Pessoa
490. **Ferragus** – Honoré de Balzac
491. **A duquesa de Langeais** – Honoré de Balzac
492. **A menina dos olhos de ouro** – Honoré de Balzac
493. **O lírio do vale** – Honoré de Balzac
494. (17). **A barcaça da morte** – Simenon
495. (18). **As testemunhas rebeldes** – Simenon
496. (19). **Um engano de Maigret** – Simenon
497. **A noite das bruxas** – Agatha Christie
498. (2). **Um passe de mágica** – Agatha Christie
499. (3). **Nêmesis** – Agatha Christie
500. **Esboço para uma teoria das emoções** – Sartre
501. **Renda básica de cidadania** – Eduardo Suplicy
502. (1). **Pílulas para viver melhor** – Dr. Lucchese
503. (2). **Pílulas para prolongar a juventude** – Dr. Lucchese
504. (3). **Desembarcando o diabetes** – Dr. Lucchese
505. (4). **Desembarcando o sedentarismo** – Dr. Fernando Lucchese e Cláudio Castro
506. (5). **Desembarcando a hipertensão** – Dr. Lucchese
507. (6). **Desembarcando o colesterol** – Dr. Fernando Lucchese e Fernanda Lucchese
508. **Estudos de mulher** – Balzac
509. **O terceiro tira** – Flann O'Brien
510. **100 receitas de aves e ovos** – J. A. P. Machado
511. **Garfield em toneladas de diversão (5)** – Jim Davis
512. **Trem-bala** – Martha Medeiros
513. **Os cães ladram** – Truman Capote
514. **O Kama Sutra de Vatsyayana**
515. **O crime do Padre Amaro** – Eça de Queiroz
516. **Odes de Ricardo Reis** – Fernando Pessoa
517. **O inverno da nossa desesperança** – Steinbeck
518. **Piratas do Tietê (1)** – Laerte
519. **Rê Bordosa: do começo ao fim** – Angeli
520. **O Harlem é escuro** – Chester Himes
521. **Café-da-manhã dos campeões** – Kurt Vonnegut
522. **Eugénie Grandet** – Balzac
523. **O último magnata** – F. Scott Fitzgerald
524. **Carol** – Patricia Highsmith
525. **100 receitas de patisserie** – Sílvio Lancellotti
526. **O fator humano** – Graham Greene
527. **Tristessa** – Jack Kerouac
528. **O diamante do tamanho do Ritz** – S. Fitzgerald
529. **As melhores histórias de Sherlock Holmes** – Arthur Conan Doyle
530. **Cartas a um jovem poeta** – Rilke
531. (20). **Memórias de Maigret** – Simenon
532. (4). **O misterioso sr. Quin** – Agatha Christie
533. **Os analectos** – Confúcio
534. (21). **Maigret e os homens de bem** – Simenon
535. (22). **O medo de Maigret** – Simenon
536. **Ascensão e queda de César Birotteau** – Balzac
537. **Sexta-feira negra** – David Goodis
538. **Ora bolas – O humor de Mario Quintana** – Juarez Fonseca
539. **Longe daqui aqui mesmo** – Antonio Bivar
540. (5). **É fácil matar** – Agatha Christie
541. **O pai Goriot** – Balzac
542. **Brasil, um país do futuro** – Stefan Zweig
543. **O processo** – Kafka
544. **O melhor de Hagar 4** – Dik Browne
545. (6). **Por que não pediram a Evans?** – Agatha Christie
546. **Fanny Hill** – John Cleland
547. **O gato por dentro** – William S. Burroughs
548. **Sobre a brevidade da vida** – Sêneca
549. **Geraldão (1)** – Glauco
550. **Piratas do Tietê (2)** – Laerte
551. **Pagando o pato** – Ciça
552. **Garfield de bom humor (6)** – Jim Davis
553. **Conhece o Mário?** vol.1 – Santiago
554. **Radicci 6** – Iotti
555. **Os subterrâneos** – Jack Kerouac
556. (1). **Balzac** – François Taillandier
557. (2). **Modigliani** – Christian Parisot
558. (3). **Kafka** – Gérard-Georges Lemaire
559. (4). **Júlio César** – Joël Schmidt
560. **Receitas da família** – J. A. Pinheiro Machado
561. **Boas maneiras à mesa** – Celia Ribeiro
562. (9). **Filhos sadios, pais felizes** – R. Pagnoncelli
563. (10). **Fatos & mitos** – Dr. Fernando Lucchese
564. **Ménage à trois** – Paula Taitelbaum
565. **Mulheres!** – David Coimbra
566. **Poemas de Álvaro de Campos** – Fernando Pessoa
567. **Medo e outras histórias** – Stefan Zweig
568. **Snoopy e sua turma (1)** – Schulz
569. **Piadas para sempre (1)** – Visconde da Casa Verde
570. **O alvo móvel** – Ross Macdonald
571. **O melhor do Recruta Zero (2)** – Mort Walker
572. **Um sonho americano** – Norman Mailer
573. **Os broncos também amam** – Angeli
574. **Crônica de um amor louco** – Bukowski
575. (5). **Freud** – René Major e Chantal Talagrand
576. (6). **Picasso** – Gilles Plazy
577. (7). **Gandhi** – Christine Jordis
578. **A tumba** – H. P. Lovecraft
579. **O príncipe e o mendigo** – Mark Twain
580. **Garfield, um charme de gato (7)** – Jim Davis
581. **Ilusões perdidas** – Balzac
582. **Esplendores e misérias das cortesãs** – Balzac
583. **Walter Ego** – Angeli
584. **Striptiras (1)** – Laerte
585. **Fagundes: um puxa-saco de mão cheia** – Laerte
586. **Depois do último trem** – Josué Guimarães
587. **Ricardo III** – Shakespeare
588. **Dona Anja** – Josué Guimarães
589. **24 horas na vida de uma mulher** – Stefan Zweig
590. **O terceiro homem** – Graham Greene
591. **Mulher no escuro** – Dashiell Hammett
592. **No que acredito** – Bertrand Russell
593. **Odisséia (1): Telemaquia** – Homero
594. **O cavalo cego** – Josué Guimarães
595. **Henrique V** – Shakespeare
596. **Fabulário geral do delírio cotidiano** – Bukowski
597. **Tiros na noite 1: A mulher do bandido** – Dashiell Hammett
598. **Snoopy em Feliz Dia dos Namorados! (2)** – Schulz
599. **Mas não se matam cavalos?** – Horace McCoy
600. **Crime e castigo** – Dostoiévski

601(7). **Mistério no Caribe** – Agatha Christie
602. **Odisséia (2): Regresso** – Homero
603. **Piadas para sempre (2)** – Visconde da Casa Verde
604. **À sombra do vulcão** – Malcolm Lowry
605(8). **Kerouac** – Yves Buin
606. **E agora são cinzas** – Angeli
607. **As mil e uma noites** – Paulo Caruso
608. **Um assassino entre nós** – Ruth Rendell
609. **Crack-up** – F. Scott Fitzgerald
610. **Do amor** – Stendhal
611. **Cartas do Yage** – William Burroughs e Allen Ginsberg
612. **Striptiras (2)** – Laerte
613. **Henry & June** – Anaïs Nin
614. **A piscina mortal** – Ross Macdonald
615. **Geraldão (2)** – Glauco
616. **Tempo de delicadeza** – A. R. de Sant'Anna
617. **Tiros na noite 2: Medo de tiro** – Dashiell Hammett
618. **Snoopy em Assim é a vida, Charlie Brown! (3)** – Schulz
619. **1954 – Um tiro no coração** – Hélio Silva
620. **Sobre a inspiração poética (Íon) e ...** – Platão
621. **Garfield e seus amigos (8)** – Jim Davis
622. **Odisséia (3): Ítaca** – Homero
623. **A louca matança** – Chester Himes
624. **Factótum** – Bukowski
625. **Guerra e Paz: volume 1** – Tolstói
626. **Guerra e Paz: volume 2** – Tolstói
627. **Guerra e Paz: volume 3** – Tolstói
628. **Guerra e Paz: volume 4** – Tolstói
629(9). **Shakespeare** – Claude Mourthé
630. **Bem está o que bem acaba** – Shakespeare
631. **O contrato social** – Rousseau
632. **Geração Beat** – Jack Kerouac
633. **Snoopy: É Natal! (4)** – Charles Schulz
634(8). **Testemunha da acusação** – Agatha Christie
635. **Um elefante no caos** – Millôr Fernandes
636. **Guia de leitura (100 autores que você precisa ler)** – Organização de Léa Masina
637. **Pistoleiros também mandam flores** – David Coimbra
638. **O prazer das palavras** – vol. 1 – Cláudio Moreno
639. **O prazer das palavras** – vol. 2 – Cláudio Moreno
640. **Novíssimo testamento: com Deus e o diabo, a dupla da criação** – Iotti
641. **Literatura Brasileira: modos de usar** – Luís Augusto Fischer
642. **Dicionário de Porto-Alegrês** – Luís A. Fischer
643. **Clô Dias & Noites** – Sérgio Jockymann
644. **Memorial de Isla Negra** – Pablo Neruda
645. **Um homem extraordinário e outras histórias** – Tchékhov
646. **Ana sem terra** – Alcy Cheuiche
647. **Adultérios** – Woody Allen
648. **Para sempre ou nunca mais** – R. Chandler
649. **Nosso homem em Havana** – Graham Greene
650. **Dicionário Caldas Aulete de Bolso**
651. **Snoopy: Posso fazer uma pergunta, professora? (5)** – Charles Schulz
652(10). **Luís XVI** – Bernard Vincent
653. **O mercador de Veneza** – Shakespeare
654. **Cancioneiro** – Fernando Pessoa
655. **Non-Stop** – Martha Medeiros
656. **Carpinteiros, levantem bem alto a cumeeira & Seymour, uma apresentação** – J.D.Salinger
657. **Ensaios céticos** – Bertrand Russell
658. **O melhor de Hagar 5** – Dik e Chris Browne
659. **Primeiro amor** – Ivan Turguêniev
660. **A trégua** – Mario Benedetti
661. **Um parque de diversões da cabeça** – Lawrence Ferlinghetti
662. **Aprendendo a viver** – Sêneca
663. **Garfield, um gato em apuros (9)** – Jim Davis
664. **Dilbert 1** – Scott Adams
665. **Dicionário de dificuldades** – Domingos Paschoal Cegalla
666. **A imaginação** – Jean-Paul Sartre
667. **O ladrão e os cães** – Naguib Mahfuz
668. **Gramática do português contemporâneo** – Celso Cunha
669. **A volta do parafuso** *seguido de* **Daisy Miller** – Henry James
670. **Notas do subsolo** – Dostoiévski
671. **Abobrinhas da Brasilônia** – Glauco
672. **Geraldão (3)** – Glauco
673. **Piadas para sempre (3)** – Visconde da Casa Verde
674. **Duas viagens ao Brasil** – Hans Staden
675. **Bandeira de bolso** – Manuel Bandeira
676. **A arte da guerra** – Maquiavel
677. **Além do bem e do mal** – Nietzsche
678. **O coronel Chabert** *seguido de* **A mulher abandonada** – Balzac
679. **O sorriso de marfim** – Ross Macdonald
680. **100 receitas de pescados** – Sílvio Lancellotti
681. **O juiz e seu carrasco** – Friedrich Dürrenmatt
682. **Noites brancas** – Dostoiévski
683. **Quadras ao gosto popular** – Fernando Pessoa
684. **Romanceiro da Inconfidência** – Cecília Meireles
685. **Kaos** – Millôr Fernandes
686. **A pele de onagro** – Balzac
687. **As ligações perigosas** – Choderlos de Laclos
688. **Dicionário de matemática** – Luiz Fernando Cardoso
689. **Os Lusíadas** – Luís Vaz de Camões
690(11). **Átila** – Éric Deschodt
691. **Um jeito tranquilo de matar** – Chester Himes
692. **A felicidade conjugal** *seguido de* **O diabo** – Tolstói
693. **Viagem de um naturalista ao redor do mundo** vol. 1 – Charles Darwin
694. **Viagem de um naturalista ao redor do mundo** vol. 2 – Charles Darwin
695. **Memórias da casa dos mortos** – Dostoiévski
696. **A Celestina** – Fernando de Rojas
697. **Snoopy: Como você é azarado, Charlie Brown (6)** – Charles Schulz
698. **Dez (quase) amores** – Claudia Tajes
699(9). **Poirot sempre espera** – Agatha Christie
700. **Cecília de bolso** – Cecília Meireles
701. **Apologia de Sócrates** *precedido de* **Êutifron** *seguido de* **Críton** – Platão
702. **Wood & Stock** – Angeli
703. **Striptiras (3)** – Laerte

704. **Discurso sobre a origem e os fundamentos da desigualdade entre os homens** – Rousseau
705. **Os duelistas** – Joseph Conrad
706. **Dilbert (2)** – Scott Adams
707. **Viver e escrever** (vol. 1) – Edla van Steen
708. **Viver e escrever** (vol. 2) – Edla van Steen
709. **Viver e escrever** (vol. 3) – Edla van Steen
710(10).**A teia da aranha** – Agatha Christie
711. **O banquete** – Platão
712. **Os belos e malditos** – F. Scott Fitzgerald
713. **Libelo contra a arte moderna** – Salvador Dalí
714. **Akropolis** – Valerio Massimo Manfredi
715. **Devoradores de mortos** – Michael Crichton
716. **Sob o sol da Toscana** – Frances Mayes
717. **Batom na cueca** – Nani
718. **Vida dura** – Claudia Tajes
719. **Carne trêmula** – Ruth Rendell
720. **Cris, a fera** – David Coimbra
721. **O anticristo** – Nietzsche
722. **Como um romance** – Daniel Pennac
723. **Emboscada no Forte Bragg** – Tom Wolfe
724. **Assédio sexual** – Michael Crichton
725. **O espírito do Zen** – Alan W.Watts
726. **Um bonde chamado desejo** – Tennessee Williams
727. **Como gostais** *seguido de* **Conto de inverno** – Shakespeare
728. **Tratado sobre a tolerância** – Voltaire
729. **Snoopy: Doces ou travessuras? (7)** – Charles Schulz
730. **Cardápios do Anonymus Gourmet** – J.A. Pinheiro Machado
731. **100 receitas com lata** – J.A. Pinheiro Machado
732. **Conhece o Mário?** vol.2 – Santiago
733. **Dilbert (3)** – Scott Adams
734. **História de um louco amor** *seguido de* **Passado amor** – Horacio Quiroga
735(11).**Sexo: muito prazer** – Laura Meyer da Silva
736(12).**Para entender o adolescente** – Dr. Ronald Pagnoncelli
737(13).**Desembarcando a tristeza** – Dr. Fernando Lucchese
738. **Poirot e o mistério da arca espanhola & outras histórias** – Agatha Christie
739. **A última legião** – Valerio Massimo Manfredi
740. **As virgens suicidas** – Jeffrey Eugenides
741. **Sol nascente** – Michael Crichton
742. **Duzentos ladrões** – Dalton Trevisan
743. **Os devaneios do caminhante solitário** – Rousseau
744. **Garfield, o rei da preguiça (10)** – Jim Davis
745. **Os magnatas** – Charles R. Morris
746. **Pulp** – Charles Bukowski
747. **Enquanto agonizo** – William Faulkner
748. **Aline: viciada em sexo (3)** – Adão Iturrusgarai
749. **A dama do cachorrinho** – Anton Tchékhov
750. **Tito Andrônico** – Shakespeare
751. **Antologia poética** – Anna Akhmátova
752. **O melhor de Hagar 6** – Dik e Chris Browne
753(12).**Michelangelo** – Nadine Sautel
754. **Dilbert (4)** – Scott Adams
755. **O jardim das cerejeiras** *seguido de* **Tio Vânia** – Tchékhov
756. **Geração Beat** – Claudio Willer
757. **Santos Dumont** – Alcy Cheuiche
758. **Budismo** – Claude B. Levenson
759. **Cleópatra** – Christian-Georges Schwentzel
760. **Revolução Francesa** – Frédéric Bluche, Stéphane Rials e Jean Tulard
761. **A crise de 1929** – Bernard Gazier
762. **Sigmund Freud** – Edson Sousa e Paulo Endo
763. **Império Romano** – Patrick Le Roux
764. **Cruzadas** – Cécile Morrisson
765. **O mistério do Trem Azul** – Agatha Christie
766. **Os escrúpulos de Maigret** – Simenon
767. **Maigret se diverte** – Simenon
768. **Senso comum** – Thomas Paine
769. **O parque dos dinossauros** – Michael Crichton
770. **Trilogia da paixão** – Goethe
771. **A simples arte de matar** (vol.1) – R. Chandler
772. **A simples arte de matar** (vol.2) – R. Chandler
773. **Snoopy: No mundo da lua! (8)** – Charles Schulz
774. **Os Quatro Grandes** – Agatha Christie
775. **Um brinde de cianureto** – Agatha Christie
776. **Súplicas atendidas** – Truman Capote
777. **Ainda restam aveleiras** – Simenon
778. **Maigret e o ladrão preguiçoso** – Simenon
779. **A viúva imortal** – Millôr Fernandes
780. **Cabala** – Roland Goetschel
781. **Capitalismo** – Claude Jessua
782. **Mitologia grega** – Pierre Grimal
783. **Economia: 100 palavras-chave** – Jean-Paul Betbèze
784. **Marxismo** – Henri Lefebvre
785. **Punição para a inocência** – Agatha Christie
786. **A extravagância do morto** – Agatha Christie
787(13).**Cézanne** – Bernard Fauconnier
788. **A identidade Bourne** – Robert Ludlum
789. **Da tranquilidade da alma** – Sêneca
790. **Um artista da fome** *seguido de* **Na colônia penal e outras histórias** – Kafka
791. **Histórias de fantasmas** – Charles Dickens
792. **A louca de Maigret** – Simenon
793. **O amigo de infância de Maigret** – Simenon
794. **O revólver de Maigret** – Simenon
795. **A fuga do sr. Monde** – Simenon
796. **O Uraguai** – Basílio da Gama
797. **A mão misteriosa** – Agatha Christie
798. **Testemunha ocular do crime** – Agatha Christie
799. **Crepúsculo dos ídolos** – Friedrich Nietzsche
800. **Maigret e o negociante de vinhos** – Simemon
801. **Maigret e o mendigo** – Simenon
802. **O grande golpe** – Dashiell Hammett
803. **Humor barra pesada** – Nani
804. **Vinho** – Jean-François Gautier
805. **Egito Antigo** – Sophie Desplancques
806(14).**Baudelaire** – Jean-Baptiste Baronian
807. **Caminho da sabedoria, caminho da paz** – Dalai Lama e Felizitas von Schönborn
808. **Senhor e servo e outras histórias** – Tolstói
809. **Os cadernos de Malte Laurids Brigge** – Rilke
810. **Dilbert (5)** – Scott Adams
811. **Big Sur** – Jack Kerouac
812. **Seguindo a correnteza** – Agatha Christie
813. **O álibi** – Sandra Brown
814. **Montanha-russa** – Martha Medeiros
815. **Coisas da vida** – Martha Medeiros

816. **A cantada infalível** *seguido de* **A mulher do centroavante** – David Coimbra
817. **Maigret e os crimes do cais** – Simenon
818. **Sinal vermelho** – Simenon
819. **Snoopy: Pausa para a soneca (9)** – Charles Schulz
820. **De pernas pro ar** – Eduardo Galeano
821. **Tragédias gregas** – Pascal Thiercy
822. **Existencialismo** – Jacques Colette
823. **Nietzsche** – Jean Granier
824. **Amar ou depender?** – Walter Riso
825. **Darmapada: A doutrina budista em versos**
826. **J'Accuse...!** – **a verdade em marcha** – Zola
827. **Os crimes ABC** – Agatha Christie
828. **Um gato entre os pombos** – Agatha Christie
829. **Maigret e o sumiço do sr. Charles** – Simenon
830. **Maigret e a morte do jogador** – Simenon
831. **Dicionário de teatro** – Luiz Paulo Vasconcellos
832. **Cartas extraviadas** – Martha Medeiros
833. **A longa viagem de prazer** – J. J. Morosoli
834. **Receitas fáceis** – J. A. Pinheiro Machado
835. **(14).Mais fatos & mitos** – Dr. Fernando Lucchese
836. **(15).Boa viagem!** – Dr. Fernando Lucchese
837. **Aline: Finalmente nua!!!** (4) – Adão Iturrusgarai
838. **Mônica tem uma novidade!** – Mauricio de Sousa
839. **Cebolinha em apuros!** – Mauricio de Sousa
840. **Sócios no crime** – Agatha Christie
841. **Bocas do tempo** – Eduardo Galeano
842. **Orgulho e preconceito** – Jane Austen
843. **Impressionismo** – Dominique Lobstein
844. **Escrita chinesa** – Viviane Alleton
845. **Paris: uma história** – Yvan Combeau
846. **(15).Van Gogh** – David Haziot
847. **Maigret e o corpo sem cabeça** – Simenon
848. **Portal do destino** – Agatha Christie
849. **O futuro de uma ilusão** – Freud
850. **O mal-estar na cultura** – Freud
851. **Maigret e o matador** – Simenon
852. **Maigret e o fantasma** – Simenon
853. **Um crime adormecido** – Agatha Christie
854. **Satori em Paris** – Jack Kerouac
855. **Medo e delírio em Las Vegas** – Hunter Thompson
856. **Um negócio fracassado e outros contos de humor** – Tchékhov
857. **Mônica está de férias!** – Mauricio de Sousa
858. **De quem é esse coelho?** – Mauricio de Sousa
859. **O burgomestre de Furnes** – Simenon
860. **O mistério Sittaford** – Agatha Christie
861. **Manhã transfigurada** – Luiz Antonio de Assis Brasil
862. **Alexandre, o Grande** – Pierre Briant
863. **Jesus** – Charles Perrot
864. **Islã** – Paul Balta
865. **Guerra da Secessão** – Farid Ameur
866. **Um rio que vem da Grécia** – Cláudio Moreno
867. **Maigret e os colegas americanos** – Simenon
868. **Assassinato na casa do pastor** – Agatha Christie
869. **Manual do líder** – Napoleão Bonaparte
870. **(16).Billie Holiday** – Sylvia Fol
871. **Bidu arrasando!** – Mauricio de Sousa
872. **Desventuras em família** – Mauricio de Sousa
873. **Liberty Bar** – Simenon
874. **E no final a morte** – Agatha Christie
875. **Guia prático do Português correto – vol. 4** – Cláudio Moreno
876. **Dilbert (6)** – Scott Adams
877. **(17).Leonardo da Vinci** – Sophie Chauveau
878. **Bella Toscana** – Frances Mayes
879. **A arte da ficção** – David Lodge
880. **Striptiras (4)** – Laerte
881. **Skrotinhos** – Angeli
882. **Depois do funeral** – Agatha Christie
883. **Radicci 7** – Iotti
884. **Walden** – H. D. Thoreau
885. **Lincoln** – Allen C. Guelzo
886. **Primeira Guerra Mundial** – Michael Howard
887. **A linha de sombra** – Joseph Conrad
888. **O amor é um cão dos diabos** – Bukowski

ENCYCLOPÆDIA é a nova série da Coleção **L&PM** POCKET, que traz livros de referência com conteúdo acessível, útil e na medida certa. São temas universais, escritos por especialistas de forma compreensível e descomplicada.

PRIMEIROS LANÇAMENTOS: **Alexandre, o Grande**, Pierre Briant – **Budismo**, Claude B. Levenson – **Cabala**, Roland Goetschel – **Capitalismo**, Claude Jessua – **Cleópatra**, Christian-Georges Schwentzel – **A crise de 1929**, Bernard Gazier – **Cruzadas**, Cécile Morrisson – **Economia: 100 palavras-chave**, Jean-Paul Betbèze – **Egito Antigo**, Sophie Desplancques – **Escrita chinesa**, Viviane Alleton – **Existencialismo**, Jacques Colette – **Geração Beat**, Claudio Willer – **Guerra da Secessão**, Farid Ameur – **Império Romano**, Patrick Le Roux – **Impressionismo**, Dominique Lobstein – **Islã**, Paul Balta – **Jesus**, Charles Perrot – **Marxismo**, Henri Lefebvre – **Mitologia grega**, Pierre Grimal – **Nietzsche**, Jean Granier – **Paris: uma história**, Yvan Combeau – **Revolução Francesa**, Frédéric Bluche, Stéphane Rials e Jean Tulard – **Santos Dumont**, Alcy Cheuiche – **Sigmund Freud**, Edson Sousa e Paulo Endo – **Tragédias gregas**, Pascal Thiercy – **Vinho**, Jean-François Gautier

L&PM POCKET ENCYCLOPÆDIA
Conhecimento na medida certa

IMPRESSÃO:

Santa Maria - RS - Fone/Fax: (55) 3220.4500
www.pallotti.com.br